AF582043

Copertina / Lily Graphic Cover

Editing e impaginazione / Jessica Maccario

Mattia Cattaneo

TRA LE ONDE DEI RICORDI

L' amore è per definizione un dono non meritato;
anzi, l'essere amati senza merito è la prova del vero amore
Milan Kundera

PROLOGO

Dicono che le lacrime, spesso, si intreccino nelle ombre della profonda solitudine seppellendo e svanendo le immagini.

Una danza di pensieri in testa, tersi verso il cielo che popola la nuova giornata.

Ho da poco terminato la ricca colazione, cornetto caldo e spremuta d'agrumi, e mi sono avvicinata all'armadio della camera da letto per scegliere l'abito da indossare.

La stanza ha le pareti del color del tramonto, ambrato come la spiagga che riflette la sua luce, e l'essenza del pino mugo è impregnata nelle lenzuola.

Sciolgo la treccia che annoda i fini capelli castani, segno che la tinta regge ancora nonostante le rughe del viso siano visibili, poi tiro fuori i miei occhiali tondi dalla montatura trasparente dal cassetto in legno di rovere. Lo socchiudo appena, lasciando una piccola apertura come spiraglio della speranza venuto a trovarmi.

La finestra s'immerge negli ampi ricordi che il cuore mi sta dettando. È l'ora della nostalgia ma il treno per Trieste non attende.

Forse non deve esistere più quella mancanza che mi ha accompagnata per tutta la vita: il mare di Trieste, i suoi profumi, la sua solitudine.

È arrivata l'ora di ritornare in quel posto.

*

Esco di casa e subito una raffica di vento spettina la mia chioma, mentre l'abito rosso sembra far cadere a bocconi la città su di me. Persino la mia anima sta albeggiando di fronte al timido sole che è uscito…

Salgo sul taxi per arrivare più velocemente in stazione e frugo tra i miei pensieri. Si dice che si possa combattere la noia con i lenti crepuscoli, ma non ho ancora la forza di mettere in atto questa strategia.

Il mio lungo vestito è coperto da un soprabito nero, come se cantasse il nome dell'amore.

Solo che io me ne sono già dimenticata, di come si vien guardati dagli occhi del sentimento.

A volte avrei preferito amare come sulle navi, che corrono per il mare verso luoghi che non raggiungeranno mai. Almeno avrei saputo amare ciò che già sapevo di non avere.

Nelle tasche, sbuca una lettera.

Quella lettera.

Aprire quest'umido pezzo di carta è stato come raccogliere la nebbia in figure danzanti. Non lo farò una seconda volta.

Intanto sono arrivata alla stazione.

Quella stazione.

Il fascino degli abbracci di amori mai dimenticati, il fazzoletto strappato alle lacrime da una partenza improvvisa, i treni quasi mai puntuali e l'odore del tabacco.

In un giorno qualunque, di un mese qualunque, mi ritrovo persa nella mandria di menti pensanti. Il tabellone luminoso pullula di città e orari. Echi di grecale posano la loro essenza sulle mie guance quasi infrangendo il loro moto. Mi sistemo gli occhiali scesi sulla punta del naso, e tocco la superficie ruvida del viso.

I miei sessant'anni sono una cupola di fiori sparsi negli anni del sacrificio, del dolore ma anche del bene. Nel cielo, il raggio rosso della chioma solare che si muove proprio come il vino a tavola tra un commensale e l'altro, rappresenta un po' lo scorrere di questi anni.

Il profumo della gente tocca ogni corda del mio cuore: è l'amore terrestre che ci infiamma e ci spinge ad amare qualcuno. Accanto a me, due innamorati si stanno baciando, probabilmente uno di loro due salirà sul mio stesso treno. Mi guardo attorno, ancora per un attimo, e colgo la frenesia dei passanti, il loro tocco superficiale verso il mondo parallelo del cellulare. Sono forse l'unica aliena a guardare i movimenti dei treni che partono dalla loro casa madre.

Prendo posto, correttamente rispetto a chi si è già appropriato in modo scomposto del suo, e poso il capo sul finestrino. I miei occhi neri come la caligine, si scontrano con il riflesso del vetro. Alzo un po' la tendina e riprendo a osservare i pendolari, letteralmente impazziti, che brancolano come mosche ingabbiate tra i binari della stazione. Penso a chi deve raggiungere un posto lontano per portare un gesto di gioia o far vibrare la sete di presenza a un'altra persona.

Poi sposto lo sguardo verso chi siede nei posti anteriori al mio: sembriamo pesci mobili distesi davanti al silenzio. Tutti con lo stesso obiettivo, raggiungere una meta: chi per studio, chi per lavoro, chi per amore, chi per pura voglia di evadere dalla realtà.

Io sto solo prendendo in mano il mio passato per poter sentire, nuovamente, una vita. Poso le mie esili mani una sopra l'altra, nell'attesa della partenza.

I

LA VITA INCERTA

Il treno corre e il paesaggio scorre talmente rapido che mi sembra di poter abbracciare il cielo con le nude mani. Sento dentro un volo planare verso città inconcluse.

Ho la netta impressione che il destino mi riserverà nuove vie a questa vita incerta.

Il treno si ferma alla stazione di Trieste. Il mio sguardo, perso in quello dei passanti, cerca una strada da seguire.

«Mi scusi, vorrei avere indicazioni per la casa di cura villa Andreina». L'unica cosa che riesco a chiedere in un frammento di tempo.

Chi mi aspetta non sa del mio arrivo proprio in quel giorno di inizio primavera, caratterizzato da un sole ansioso che si arrotola tra i fili del cielo e dal solito vento forte, quasi bora, che gira tra le nuvole cantando.

*

Le mie gambe scivolano tra i corridoi dello stabile. Sembra un posto in cui la notte può giungere senza più paura.

La stanza numero ventidue è vicina ai miei passi. Una distanza irrisoria, forse, ma ha il pallore del ricordo: lo stesso numero della stanza in cui alloggiavo durante la colonia estiva sul litorale toscano.

Prendo fiato ed entro.

Il letto ospita le sembianze di un uomo, stanco e invecchiato, i capelli ingrigiti che nemmeno il faro della Vittoria avrebbe illuminato. Il suo volto è scavato dalle rughe mentre il sole si alterna alle nuvole fuori dalla finestra.

Mi avvicino e due uccelli si allontanano.

«Laura» sussurra in un lieve lamento l'allettato.

«Papà» rispondo con il cuore mosso. È come se fosse fatto di quadrati bianchi e neri, una scacchiera di giorni e di notti.

«Quando sei arrivata?» chiede strofinandosi gli occhi, quasi incredulo.

Mi siedo accanto a lui, ho la testa chiusa dai pensieri e dalla sua fronte pallida. È da molto tempo che non vedo mio padre, da quando lasciai la città per rifarmi completamente una vita a Milano.

«Qualche ora fa, ma cosa importa. Ora sono qui e tu sei sveglio». Appaio algida, forse lo sono, ma non posso dimenticare quanto le sue scelte nella mia vita siano state determinanti.

Mio padre abbassa lo sguardo, sul comodino una tazza di tè fumante e la macchia nera del rimorso.

C'è stata molta lontananza tra di noi. Una lontananza sospesa nel tempo e dal tempo, difficile da colmare in pochi istanti.

«Non credevo potessi tornare a Trieste» sottolinea.

Estraggo una busta che porta la sua firma.

«Questa lettera è stata una richiesta implicita. Tu compari nel mio spazio silente dopo tanti anni, qui in questo letto, in una casa di cura. Non hai mai risposto alle mie lettere, non ho mai saputo perché non avessi raccontato subito alla mamma e a me quello che avevi fatto. Mi hanno chiamata due giorni fa perché avevi avuto un tracollo respiratorio. Ho temuto il peggio, poi ho compreso che era l'ultima occasione che la vita mi concedeva per vederti. Vuoi sapere come mi sento? Ora che ti ho davanti sono confusa e frastornata. Pensi che una pioggia improvvisa possa portare nutrimento a una terra arsa da molti anni?»

Ho il fiato corto, le labbra si sono ammutolite e vago in modo disordinato nei ricordi. Mio padre è stato per tanto tempo l'emblema della correttezza, della grande onestà intellettuale. Era John, il comandante americano che aveva sposato Maria, mia madre.

Era l'uomo che avrei voluto sposare da bambina.

Era il mio sorriso disteso nei giorni pieni di oscurità.

Era.

Poi cambiò tutto.

Il suo sguardo si posa sui miei capelli, una lacrima asciuga gli occhi ancora prima di scendere verso le gote.

«Se sei qui è perché non hai mai smesso di volermi bene» riprende respirando quasi con fatica.

«Se sono qui è perché voglio fare pace con il passato e con tutte quelle volte in cui non hai permesso alle tue parole di dirmi quanto mi volessi bene. Te la ricordi questa lista di nomi, vero? Sono quelle persone di cui mi avevi parlato facendomi credere che le aiutassi con onestà, invece non è così: erano spie slave, tu sei una spia! Per questo sei stato in carcere, hai commesso qualcosa di grave. D'altra parte mi hai abbandonato per due volte raccontando a me e alla mamma tante bugie, di cosa mi stupisco. Sapere che avevo al mio fianco una donna innamorata di te forse ti tranquillizzava, perché alla fine è stata lei a convincermi che le cose fossero andate come ci eravamo detti, quella sera di pioggia al confine istriano. Ma leggere questi nomi ha rimesso tutto in discussione». Dico questo non senza rammarico e gliela porgo per fargliela vedere.

Gli occhi di papà John sono pieni di domande da pormi o di ricordi da estirpare come radici. Lasciano trapelare il suo timore devastante, non riesce a parlarmi, e alla fine il suo sguardo si perde nella finestra di quel posto. Il cielo sta assaporando lo stesso colore del mare e il ricordo va verso le passeggiate al porto Vecchio con lui e mia madre, durante il secondo dopoguerra.

È come ascoltare una canzone senza ricordarne il titolo.

«Papà, cosa è davvero successo? Perché hai scelto di stare dalla loro parte?» insisto. Piove d'improvviso non appena termino di fare questa domanda.

«Non ho fatto nulla di imperdonabile per la coscienza, forse per l'etica» replica tornando a guardarmi. I suoi novantatré anni non sono un gioco, le rughe scendono dalla fronte sino alle magre guance. Labbra sottili e due mani nodose, con alcuni lividi credo derivanti dai prelievi fatti dalle infermiere in seguito alla crisi respiratoria che l'ha colpito.

Il vento sparpaglia gli alberi, la notte arriverà rotolando tra le onde del mare.

Vorrei andare lontano, con la bocca piena di lacrime pesanti, tra le deserte strade.

Ciò che ci divide, forse, è l'orgoglio. La mia anima non si rassegna ad aver perduto mia madre e il ricordo appare come un fiume che soffoca ogni reminiscenza.

«Non me ne andrò da qui finché non mi dirai perché hai trattato con delle spie slave». I suoi occhi, d'un grigio marmoreo, sprigionano un lungo dolore.

Sarà una notte travagliata, forse il segno d'una via incerta. Ma sarà anche una ripartenza.

Il vento ormai impazza contro le finestre e un'infermiera fa il suo ingresso per raccomandarmi di non stancare troppo mio padre e per ricordarmi che l'orario delle visite sta volgendo al termine.

«Mia figlia rimarrà qui questa notte, non vede le mie condizioni infermiera Pavlovich?» sbotta mio padre alzando la voce.

Lo guardo rimproverandolo in silenzio. Vive ancora nell'ottica di poter impartire ordini.

Dalle grande mani di mio padre pare esca la luna, ancora calda, come se fosse stata baciata da costellazioni di rugiada.

«Ti ricordi quando eri piccolina e mi chiedevi di farti imparare a suonare il pianoforte? Quante risate che ci siamo fatti».

Bastano quelle parole per catapultarmi tra i ricordi. Il vento che proviene dal mare entra d'improvviso dalla finestra e questo mi ricorda anche quanto mi piacesse il mare e quanto fossi affezionata a mia madre. Dagli occhi sgorgano alcune lacrime.

Dicono, le lacrime di tutto il tempo che resta.

II

IN NESSUN LUOGO

Trieste, marzo 1948

«Sorridi, sorridi verso l'obiettivo tesoro».

Ricordo ancora questa frase di mia madre Maria, una giovane triestina di ventiquattro anni che quel giorno stava scattando una fotografia con una *Leica*, una macchina fotografica molto in voga in quel tempo. La trasparenza del suo viso pulito, le trecce ai capelli, gli occhiali tondi e le esili mani che stringevano le mie rimangono fortemente vive in me.

Dal molo Audace scorgevo delle navi, come quelle degli angloamericani che ci raccontavano fossero arrivate in massa dopo la fine della guerra. Noi eravamo in quella che veniva chiamata zona A e gli angloamericani ci rassicuravano dicendo che eravamo sotto la loro protezione. Dall'altra parte, invece, c'era la zona B, la Jugoslavia, il confine verso quello che i grandi definivano "comunismo"; sembrava un mondo a parte fatto di sconosciuti e povertà.

Quanto era bello ascoltare lo sciabordio delle onde, il loro biancheggiare. Sembrava un mistero divino.

Mi incamminai verso il ciglio del pontile ma mia madre mi richiamò all'istante. Si trattava di un punto impervio e per la mia tenera età ero già abbastanza curiosa e a tratti ingenua.

Mi sentivo felice e in effetti non avevo motivi per non esserlo: la nostra casa era accogliente e piena di gioia. L'avevo sentita spesso parlare del primo incontro con papà John, in un locale del centro città, l'*Hangar Club*.

«Tuo padre fu proprio sfrontato: pensa che, mentre stava per accompagnarmi a casa, mi disse che mi avrebbe sposata e lo fece con convinzione» rivelò una volta mamma, non senza commozione.

Si erano conosciuti grazie a un'amica di mia madre che combinò l'incontro in quel locale, molto frequentato dagli americani. Ballavano il twist e il boogie-woogie, tra un bicchiere e l'altro. Fino a quel tempo mamma non aveva mai avuto una relazione stabile, anche perché impegnata nella Polizia Civile. Scoprii più tardi che per formare questa unità venivano reclutati degli ex-poliziotti, ex-carabinieri, ex militari che avevano prestato servizio per gli Alleati dopo l'armistizio, sul modello della polizia britannica dei *Bobbies*. Le divise nere con elmetto bianco in testa, in linguaggio popolare, li fece subito diventare "cerini", armati solo di uno sfollagente corto di legno, e giravano su Lambrette rosse con l'alabarda di Trieste. Lessi che la Polizia Civile di Trieste fu la prima polizia d'Europa ad arruolare anche donne.

Lei era una di quelle. Col tempo, però, aveva capito che era un lavoro pericoloso e aveva iniziato a lavorare per un'edicola.

Confessò di aver conosciuto l'amore attraverso mio padre, come in nessun altro luogo sulla terra. Sperava in un domani.

Così nacqui io.

Mi piaceva quando rievocava quegli istanti con me.

Abitavamo nel quartiere della zona di San Sabba, triste ricordo di un rastrellamento tedesco.

In quella casa dalle pareti del colore del cielo, le mie mani erano piegate sul pianoforte che una lontana cugina di mia madre le aveva lasciato prima di morire. Insieme a mio padre John iniziai a muovere delicatamente i tasti. Era ancora lontano il momento in cui avrei iniziato a suonare; in compenso ascoltavo Renato Rascel o canticchiavo *Vola colomba* di Nilla Pizzi, senza conoscerne ancora il suo significato, il suo essere simbolo della crisi di Trieste e del confine orientale, apertasi proprio allora, che nella canzone provoca la forzata separazione dei due amanti; l'ascoltavo con un bel giradischi *Trevi TT* color panna, che aveva regalato lui alla mamma per il suo compleanno.

Non era tempo perso. Sentire lo scintillio delle note quali melodia divina diventò nutrimento per l'anima.

La stanza quadrata, il riflesso del sole, luce calda sulle vetrate di quella casa. La mia infanzia trascorse così, sfogliando sorrisi tra voli di farfalla e profumo del mare. La cucina, regno incontrasto di mia madre, aveva uno dei primi modelli di frigorifero bombato dalle tinte color pastello, un tavolo e sedie in formica, con angoli smussati e le gambe affusolate in metallo, un divano in pelle e un rivestimento stile capitonné: a mamma piaceva sfogliare le riviste e mostrarmi tutti quei dettagli. Completava l'arredo una libreria modulare, che ospitava molti volumi dedicati alle navi da guerra che papà John leggeva assiduamente, e la credenza in legno chiaro dove era riposto il servizio di piatti con le tazze da tè in ceramica, frutto del corredo matrimoniale.

Tanti i momenti racchiusi in dolci ricordi di mamma Maria e papà John, seduti a raccontarmi del loro matrimonio: una Fiat 1400 rossa addobbata a fiori che sfrecciava sulle rive di Trieste strombazzando, seguita da poche altre macchine e tante Lambrette. Sullo sfondo il molo Audace, il golfo con il Porto Vecchio e il castello di Miramare in lontananza, e poi la stazione Marittima. Era una pagina felice destinata a essere infangata dal dolore incombente.

Questo è tutto quello che di bello ricordo.

I raggi del sole colpivano il cielo per risvegliarmi, mentre i baci di mamma Maria si stendevano sulle mie guance rossastre. I giochi tra le porte di casa, il vento che si distendeva di fronte al silenzio e la divisa militare di mio padre appesa all'armadio nella stanza matrimoniale.

I giorni e le notti passavano, in mezzo al fantasma scatenato della storia, poi le cose iniziarono a mutare.

Quell'armonia che ardeva quanto un faro in mezzo alla tempesta del mondo smise di esistere: a poco a poco, i miei genitori iniziarono ad allontanarsi pur stando nella stessa casa.

Avvertivo il rumore di fiamme umide bruciare il cielo, sirene di un porto triste.

«Sei diverso, stai cambiando John. Che succede? La distanza porta solo un sacco di guai!» esclamava mia madre sull'orlo del pianto.

Dalla mia piccola camera da letto, quasi fosse una muraglia d'ombra, ascoltavo le loro liti e il cuore suonava come una conchiglia aspra. In sottofondo, la televisione, di recente acquisto, trasmetteva il *Carosello*. La cornice della bella famiglia del comandante McCallum sembrava sgretolarsi giorno dopo giorno. Se solo avesse soffiato nel mio cuore, ogni tanto, un po' di pace. Lo desideravo tanto. Mi annodavo i capelli formandomi delle trecce. Erano le mie rovine, il mio dolore che diventava sempre più grande e così anche la mia paura: una fatale rottura tra i miei genitori.

La notte cadeva a gocce sulla città, il mare diffondeva il suono del cuore e io mi sentivo un'assenza. I litigi tra di loro erano ormai all'ordine del giorno e presto divenni anche un pretesto per i loro diverbi.

Suonava l'ombra, come i rami sotto la pioggia.

Di notte, a volte, mi svegliavo perché notavo che il lume della cucina era acceso: mamma Maria era impegnata a fare da sarta e a cucire anche le divise della squadra di football in cui mio padre giocava, i *Green Yankle*. I suoi grandi occhiali si focalizzavano su ogni capo affinché potesse rammendarlo alla perfezione ed era molto concentrata nel suo lavoro, guai a chi la disturbasse. Ci provai una volta chiedendole perché fosse ancora sveglia a quell'ora così tarda e fu davvero un guaio.

«Fila in camera tua! È tardi per te, non di certo per me»sottolineò lanciandomi uno zoccolo, che, fortunatamente, mi prese solo di striscio.

Ogni tanto assaggiavo un po' di coca-cola che mio padre portava dal locale che frequentava in pausa e, solerte, ascoltavo Radio Trieste.

Lo sguardo di mamma era completamente assorto in quei giorni e mi chiedevo sempre in quale riva del pensiero fosse approdata.

Non osavo domandarlo.

III

LA FORMA DEL RICORDO

Un colpo di tosse e mio padre si strofina gli occhi. Mi ero persa tra i ricordi.

«E tu? Il passato è ancora impresso nella tua mente? Voglio sapere cosa ti spinse a lasciarci» lo esorto a prendere le redini del discorso.

«Lo ricordo fin troppo bene».

Un goccio d'acqua e i suoi ricordi prendono forma dalle sue labbra.

Trieste, 1952

Ero al comando di zona, un giorno di primavera inoltrata, mi sembra ancora di sentire il profumo dei gerani appena piantati dalla signora del palazzo di fronte, e stavo dando delle disposizioni chiare ai miei sottoposti. La zona di piazza Cavana in quel tempo era indubbiamente quella più pericolosa, popolata da case di tolleranza, da bische clandestine e da figure losche. Il presidio doveva essere rafforzato.

Il mio ufficio non era molto grande: due telefoni, vari documenti ufficiali sulla scrivania, un portapenne in legno e una cornice fotografica che mi ritraeva con tua madre in un momento felice a Miramare, un tavolo per le riunioni e del caffè sempre a portata di mano che il cameriere del Gino's Bar mi procurava.

Capisco subito di chi sta parlando: si trattava di Fernando, un uomo dall'aspetto curato, baffi regolati, naso aquilino e delle orecchie grandi. Vestiva sempre in modo elegante anche al di fuori del suo orario di lavoro. Mai un capello fuori posto, perfettamente pettinato. Siamo rimasti in contatto a lungo.

Tra un sorso e l'altro, firmavo dei documenti: si era sparsa la voce di alcuni dissensi tra i locali e gli inglesi; si era arrivati al quarto anno di gestione anglo-americana.

Poi all'improvviso. Una donna.

Avvolta da un cappotto bouclé di lana pesante, occhiali scuri e un rossetto scarlatto.

Diressi lo sguardo verso di lei e mi alzai per accoglierla.

«Ha bisogno d'aiuto?» chiesi con discrezione, poi mi rimisi a sedere facendo attenzione che la mia divisa non si sciupasse troppo.

«Può essere. Anzi, oserei dire di sì» rispose la donna dai lunghi capelli castani, fluenti come onde naturali. Non capii

cosa volesse dire; posai la penna sul foglio che stavo firmando e la fissai negli occhi. La donna lentamente avanzò e con titubanza si sedette davanti alla scrivania di legno scuro.

Sospirò un attimo, si guardò a destra e sinistra, poi i suoi grandi occhi celesti si specchiarono nei miei: "Deve aiutarmi, la mia situazione è molto delicata" spiegò l'avvenente signora strofinandosi i guanti color avorio.

«Mi spieghi la situazione dall'inizio» risposi, preoccupato, mentre il cielo disegnava le prime nubi della giornata.

Ecco, da quel momento tua madre credette che avessi una tresca clandestina.

Me lo ricordo molto bene. Soffrivo per i loro battibecchi e nella notturna primavera, come una goccia che cade senza far rumore, due valigie spuntarono vicino alla porta.

Mio padre continua, con la voce rotta dal pianto.

Oh, ricordo ancora le parole brucianti di tua madre!

«Siamo arrivati a questo, John? Abbiamo atteso nove mesi per sposarci, abbiamo una bambina e ora te ne stai andando!» inveiva tra le lacrime che le rigavano il volto trovando fine nelle sue mani, scarne, che s'era portata davanti agli occhi.

Al Gino's bar, Fernando mi servì un bicchiere di whisky.

«Comandante, guardi che le fa male, se mi posso permettere». Mi bastava un attimo per zittire chi mi stava di

fronte; mi dicevano sempre che avevo uno sguardo che traboccava di autorità, come il mare di Trieste, forte e risoluto su tutto. In quel momento, invece, mi sentivo fragile.

Sospirai e aprii un foglio di carta sgualcito, dove vi lessi alcuni nomi. Nella mente una raffica di pensieri si disponeva in modo ordinato ma al contempo pieno di ombre. Rimisi il foglio nella giacca della divisa e uscii dal bar.

Le strade di Trieste erano abbastanza trafficate, il centro cittadino era pieno di mercanti, di colori e voci. Passeggiai lungo il molo Audace ricordando le corse a perdifiato con tua madre e una folata di vento gelido toccò il mio tessuto, fatto di pelle e anima.

*

Il racconto di mio padre si ferma. Deve prendere fiato. Una lacrima scende piano sul suo viso.

«Non posso dimenticare l'istante in cui mi separai totalmente da lei».

Colgo il suo dolore eppure il mio è più forte.

Lo guardo dritto negli occhi: «Una scelta coraggiosa ma che hai fatto con codardia, dimenticandoti della mia presenza».

Non posso fare a meno di accusarlo di questo: quando lasciò l'abitazione, mia madre si strinse nel dolore. Ero così affranta che non mi sembrava nemmeno la realtà.

«Vieni qui, piccola» cercò di rassicurarmi lei quel brutto giorno baciandomi i capelli, giglio selvaggio della mia infanzia.

La ritenevo responsabile dell'allontanamento di papà da casa e rigettai ogni suo moto di conforto. Le sue mani piccole si staccarono improvvisamente da me. Dovevo capire cosa passava per la testa di mio padre e nonostante la mia piccola età decisi che lo avrei scoperto. Mia madre si trovava, di fatto, in una primavera precipitata, senza fiori né profumi.

È questa realtà che ora voglio far rivivere a mio padre, così può capire quanto dolore ci ha procurato.

Immaginavo una rondine sotto l'umidità della terra. Ecco, questa ero io.

Sentivo un vento minaccioso in quei mesi, fatti di pianti e di silenzi: passarono tre lunghi anni da quel giorno. La situazione era difficile e mia madre con fatica riusciva a occuparsi di me, ma in un attimo tutte le certezze si sgretolarono. Oltre ai vari disordini tra autoctoni e forze anglo-americane per far sì che Trieste tornasse in mani solo italiane, anche il mio cuore venne afflitto da un grave accadimento.

Era un giorno di tiepida primavera. Mamma Maria andò ad aprire la porta.

«Buongiorno, abbiamo una disposizione importante dall'amministrazione» disse una donna con i capelli spazzolati dal vento e un tailleur azzurro; i suoi orecchini, del colore del lapislazzulo, sembrava che luccicassero a ogni scandire del tempo. Mi ero appostata dietro la parete che divideva il corridoio dalla stanza e ogni tanto sbirciavo dalla porta.

«Come sarebbe a dire?» chiese mia madre inziando ad agitarsi, quasi le stesse per mancare il respiro.

Arrivò come una spada affilata e appuntita la terribile notizia: dovevo andare via da quella casa, ero destinata a un collegio.

«Mi scusi ma ci deve essere un'errore, mia figlia resta qui!» iniziò a gridare mia madre come un cane furioso. La donna sospirò e riprese a parlare in modo categorico senza lasciarsi scalfire dalla sua furia.

«Di fatto, lei vive da sola con sua figlia, ha un lavoro precario e non riesce a garantirle una corretta crescita. Ci spiace ma la bambina verrà affidata ai nostri servizi. Comunque stia tranquilla, potrà vedere sua figlia quando lo vorrà».

Queste furono le ultime parole che sentii dire a mia madre. Lo sguardo perso, come se l'acqua del mare fosse feroce e pronta a morderla in quel momento.

Venni strappata via dalle sue braccia, le braccia materne, il grembo sacro.

D'improvviso si persero dietro quella porta il suo viso tondo, le spalle come due colline, i seni che si muovevano nel petto, e il suo amore, fonte d'acqua nuova. Venni presa quasi a forza e caricata in auto mentre udivo le grida disperate di mia madre scivolare lungo le pareti di casa. Seduta nel portabagagli con le poche cose che avevano recuperato, nell'attesa di vedere se mia madre mi avesse raggiunto, ma di lei sentivo solo il dolore. Io ero completamente confusa e frastornata.

L'auto partì e si srotolarono di fronte a me i paesaggi che avevano alimentato una crescita, in cui ci volavo con gli occhi. L'eco si mischiava alla polvere che si alzava sulla strada, quel pezzo d'asfalto che mi portava a casa da mamma Maria e da papà John e che arretrava mano a mano che l'auto si allontanava.

Non voci, bensì alberi, case che lentamente sfiguravano nel sogno di una vita. Quel luogo schiudeva piccole pulsioni del tempo, immagini che si riavvolgevano in me e quell'amore che era cresciuto, sbandando senza sapere dove si trovasse, dove andasse. A incastrarsi sempre tra gli occhi e la gola, come quando ci si commuove dopo un saluto.

Le rose fiorite in quegli anni, fatti d'amore e di sacrificio, un matrimonio atteso ben nove mesi per il *marriage board*[1], ora sembravano colare sangue dalle spine.

---

[1] Organo composto da un sacerdote cattolico americano, un rabbino e un ministro protestante a cui i soldati americani dovevano rivolgersi in caso volessero sposare una ragazza locale.

Il viso solcato dalle notti insonni e la pelle fatta di luce oscura erano un impasto di amarezza. Nel cuore, solo i ricordi di quegli anni in cui i miei genitori avevano vissuto assieme.

Non mi rimaneva altro.

IV

NEL TEMPO SOSPESO

Papà John, nel letto d'ospedale, si schiarisce la voce per richiamare la mia attenzione, mentre io stavo maledicendo il giorno in cui mi avevano portata via da quella casa.

«Mi dispiace…».

«Io non vi ho più rivisti e tu non puoi capire quanto ho sofferto, non ho nemmeno avuto figli» lo interrompo subito, sedendomi sulla poltrona a fianco del letto, dopo aver recuperato una coperta bordeaux di flanella nell'armadio. Mi accomodo contro lo schienale e allungo il poggiapiedi. Sono un po' stanca ma il sonno può attendere.

John sospira, per lui immagino sia come toccare nuovamente con mano la terra dopo un lungo inverno. I suoi occhi lottano contro il ricordo e forte è il mio desiderio di sapere. Ma voglio riprendere le fila del racconto: ci sono ancora tante cose che non può sapere.

*

Capodistria, Gennaio 1955

Il freddo gelava i corpi, una linea di luna nuova aveva da poco scatenato la cintura agitata del mare. Tre anni erano passati, troppo lunghi per dimenticare il dolore che vivevo dentro.

La traiettoria dei miei occhi era rivolta a quella stanza asfittica, chiusa tra le voci di altri bimbi nell'attesa di essere collocati in chissà quale famiglia.

Percepivo il freddo del mare, nel ricordo delle onde che impattavano d'estate sul mio esile corpo e le sillabe del mio nome, scandite con forza da mamma Maria, per richiamarmi.

Mi sentivo come se abitassi in un tempo sospeso.

«Laura, forza, vieni a lavarti le mani che tra poco si mangia» diceva suor Iside, una donna dall'atteggiamento burbero ma fragile dentro.

In quel posto non avevo stretto molta amicizia con le mie compagne. Mi sentivo povera.

«Laura dai, giochiamo a palla» esortava Maurina, una bambina poco più grande di me. Non volevo, negavo qualunque forma di contatto. Mi costrinsero anche a suonare il pianoforte ma riuscivo solo a pensare a mio padre e il suo abbandono. Anche se allora ero piccola, non avevo dimenticato i graffi della sofferenza.

Volevo tornare a Trieste, lì soffiava un vento diverso, compresi di essere nelle vicinanze di Capodistria; anche se non conoscevo lo slavo, dietro i vestiti e i volti assimilavo quella lingua. Solo Suor Iside, Maurina e altre due bambine sapevano l'italiano.

L'odore della terra era diverso, i mesi lunghi e immobili. Il cortile ospitava le esili gambe di altre bambine che giocavano a rincorrersi o con le bambole, altre se ne stavano in disparte. Le mura del collegio sembravano sbiadite dal torpore del tempo.

Non avevo notizie di mia madre ma la suora del collegio, un giorno, riuscì a farmi incontrare proprio con Fernando, il cameriere del Gino's Bar, l'unico a cui fu concessa una visita settimanale e l'unico in grado di dirmi di lei; seppi così che mamma Maria era psicologicamente instabile e non le era stato concesso di vedermi: doveva abituarsi alla mia assenza.

Da lui appresi che continuava a essere sarta ma il dolore aveva iniziato a consumarla, giorno dopo giorno. Era diventata lei stessa quella bimba che le mancava. Fernando aveva provato anche a convincerla a tornare a lavorare nell'edicola di fianco al *Gino's Bar* ma fu tutto inutile.

«Mi sento schiava del dolore». Così gli aveva confessato, rinchiudendosi in se stessa. Riuscivo quasi a immaginarla come se fossi lì, lo sguardo chino sul tavolino del bar, sorseggiando un *brandy stock* e toccandosi la collana di perle bianca che vestiva il nudo collo. Le sue dita tremanti agitavano la collana e Fernando mi disse che temeva potesse rompersi e sparpagliarsi per l'intero bar. Un sospiro, e poi Maria senza nemmeno salutarlo, se n'era andata.

In una visita successiva mi disse che mamma Maria era rimasta legata al porto Vecchio, e che da qualche mese stava vendendo del pesce fresco. Gli aveva confessato che era molto faticoso e ripensava spesso a mio padre.

«Molte volte vorrebbe piombare nel suo ufficio e disprezzarlo davanti a tutti… ma lo ama, e l'amore è più forte del rumore delle spade affilate. Pensa sempre anche a te, a quanto puoi essere cresciuta».

Sì, ero cresciuta.

Ma le pareti di quel collegio erano consunte di amara nostalgia. I pini che circondavano lo stabile sembravano staccarsi dal tramonto. Vedevo dalla finestra il mare e ricordavo di Trieste come un grande amore.

L'ora dei pasti era quella in cui mi vedevo uguale alle altre, mangiare le stesse cose. Da allora non ero più la stessa e ogni corpo davanti a me era un oscuro oblio.

Suor Iside, una sera, mi portò un piccolo libretto di preghiere e me lo mise sul comodino: «Sappiamo che non sei contenta di vivere qui con noi, ma ben presto troverai una famiglia per te». I suoi occhiali grandi, forse più del suo stesso naso, mi fissavano come se cercassero dentro me qualcosa.

«Suor Iside, io voglio la mia mamma e il mio papà». Queste parole, le ricordo ancora, suonarono come una voce alla ricerca della mia anima perduta.

Fece una smorfia di disappunto, ma non sapeva trattenere il suo buon cuore, ombreggiato dal rigore che doveva trasmettere. Fu il primo abbraccio che suor Iside mi diede.

Quella notte fu un po' meno triste, ma l'alba riportò a galla tutta la malinconia.

L'ebbrezza del cielo fiorito, pieno di colori, tonalità da un rosso scarlatto a un viola livido e il mare a scandire gli attimi della vita.

Pensavo a Maria, fragile, piena di rimorsi e anche di rimpianti. Me la immaginavo al porto, così come me la presentava Fernando quando veniva a trovarmi.

Il pesce che, come tutte le mattine, era appena arrivato, fresco. Le cassette una sopra l'altra e la mamma che, assieme ad altre donne, le prendeva per poterle vendere e racimolare qualche *amlira*, all'epoca moneta di scambio durante il protettorato anglo-americano.

Una mattina, però, accadde un fatto strano.

Un uomo sulla quarantina, con un abito scuro, si fece avanti aiutandola a raccogliere le cassette e si presentò: «La osservo da qualche mattina, devo dire che ha una grande forza».

La mamma, che non era più abituata a nessun genere di complimento, era arrossita.

«Quell'uomo ti sta corteggiando Maria, secondo me devi andare a berci un caffè assieme» le disse una delle sue colleghe.

«Non credo proprio che quel signore voglia ascoltare i miei tormenti e le mie ansie» aveva ribattuto lei.

Sì, riuscivo a immaginarmi anche il suo imbarazzo, ma pensarla interessata a un altro uomo mi creava disagio. Fernando non si perdeva un dettaglio di quello che lei faceva e gli diceva: io mi aggrappavo alle sue parole come se mi stesse dipingendo, tramite le confidenze fatte da mamma, una persona che non conoscevo più.

Con il passare del tempo mi chiusi sempre più in me stessa, confidavo solo nella preghiera. Suor Iside mi aveva insegnato a pregare e a rapportarmi in modo profondo con Dio. Quella era, per me, l'unica speranza di salvezza.

*

Il cielo si sta rannuvolando.

Io e mio padre abbiamo ancora molte cose da raccontarci, ma rievocare quei momenti ha riportato a galla tutta la solitudine che sentivo in quei momenti. Sospiro, è difficile frenare le lacrime quando scorrono a velocità incontrollata. Decido di riportare l'attenzione all'argomento principale.

«Vorrei sapere nel dettaglio perché hai scelto di diventare una spia».

«Cosa ti fa credere che lo fossi?»

«In collegio giravano voci su un presunto coinvolgimento di un americano, che faceva arrivare in città delle spie che avrebbero poi riferito tutto agli jugoslavi, magari con lo scopo di prendere il potere. Ci facevano paura queste cose. Non pensavo che potessi esserne coinvolto ma quando in seguito ho trovato questa lista, mi è tornato in mente quello che dicevano e ho realizzato che l'americano potevi essere tu. Dimmi com'è andata veramente e cosa mi hai nascosto per tutto questo tempo».

«In cuor tuo sai che non è così». Poi prende fiato e continua il suo racconto…

Nel 1954, Trieste tornò a essere italiana e molti soldati anglo-americani lasciarono la città, ma io non ero uno di questi. Sembrava quasi dovessi portare avanti una missione e fu proprio così.

Mi aggiravo per le vie nella zona di Cavana, dove le case di tolleranza erano piene di avventori ed ex militari. Cercavo di non farmi riconoscere in quel posto ed entrai dal retro di una di esse. Un corridoio lungo che sembrava protrarsi verso un altro luogo di piacere, le pareti di un rosa antico e l'arredamento in stile barocco; uno specchio con cornice d'oro situato in fondo al corridoio permetteva di ammirarsi o di farsi semplicemente schifo.

Era strano vedere un soldato americano in quel luogo, soprattutto proibito in tempo di amministrazione anglo-americana a tutti i militari. Ma sapevo dove dirigermi.

La stanza 432.

«Sono io, apri» dissi con fermezza sistemandomi il bavero e guardandomi con circospezione a destra e a sinistra per assicurarmi che nessuno mi avesse visto.

«John, che ci fai qui a quest'ora?» rispose la giovane che molto tempo prima si era presentata al comando da me con quel cappotto bouclé di lana pesante. Ora vestiva una sottana nera di pizzo.

«Lo sai che se vengo qui non è certo per trascorrere qualche ora con te» seguitai iniziando a fumare un sigaro.

«Se la proprietaria scopre che si sta fumando si accorgerà dell'insolita presenza di un uomo nella mia stanza a quest'ora e mi caccerà» pronunciò tutto d'un fiato. Spensi il sigaro e ripresi il discorso.

«Non posso portare ancora avanti l'accordo. Come sai Trieste è tornata a essere italiana, e se prima era più semplice poterlo fare, ora potrebbero scoprirci più facilmente e magari risalire anche a mia figlia e Maria. E poi, sinceramente, non c'è più motivo di fare ciò che per molti anni ho svolto con sacrificio, abbandonando come ben sai mia moglie» replicai e sentii come se il suo brusco respiro andasse a inghiottire le onde del mare.

«Irina, ascoltami, non posso più permettere che altra gente varchi il confine slavo senza autorizzazioni. Se l'ho fatto forse è stato inconsciamente, senza pensare alle conseguenze di questo mio gesto» le dissi tenendo in mano la nuova lista di nomi che avrei dovuto far attraversare senza che qualcuno li notasse.

La donna iniziò a piangere e come miele sottile e tremolo, le sue lacrime presero possesso del volto.

«In fondo tu non conosci la mia storia. Ti ho chiesto questo perché eri l'unica speranza per evitare altri problemi. Non sai quanta gente ti è riconoscente, John. Ti prego, solo un'ultima volta». Le parole di Irina e i suoi capelli spazzolati dal vento sembravano scivolare sul pavimento di quella piccola stanza. Mi alzai, presi la giacca e le augurai buona fortuna.

«Non puoi andartene così, aspetta! Anch'io voglio essere riconoscente con te» disse sottovoce prendendomi la mano e facendosi accarezzare il volto, ma io la fermai.

«Perdonami, non voglio incombere in altri errori». Suonai categorico, come la frusta sulla pelle di un cavallo, aspra e diretta.

Ero tormentato da quel tempo d'incertezze. Passavo dal viso di Irina, slavo, deciso, e al suo profumo alle rose che era tempesta per i miei sensi, alla fragilità e all'abbraccio materno di Maria, al suo corpo cosparso di lacrime.

Sbuffai verso il cielo, una volta uscito, lo ricordo come se fosse ieri perché c'era un arcobaleno che si era materializzato di fronte ai miei occhi.

La bora di Trieste continuò a soffiare prepotentemente anche sui vetri della stanza, quando raggiunsi l'ufficio; il grigiore non era solo nel cielo soprastante; lo era anche nei miei occhi tormentati.

*

«Sentivo che era mio dovere aiutarli. Fu solo questo a convincermi ad agire, era la mia moralità che me lo imponeva. Non potevo permettere che altra gente soffrisse ancora».

«Perché dovrei crederti?» lo interrompo, ma dentro di me quella rabbia iniziale che era salita impetuosa sta iniziando ad attenuarsi, perché in fondo conosco l'onestà di mio padre. È stato l'abbandono ad alimentare i miei dubbi.

«Anche quando ero con loro, voi eravate sempre il mio primo pensiero. Me ne andai di casa perché temevo di mettervi in pericolo. Anche i litigi con tua madre mi avevano convinto che fosse meglio così, non si fidava più di me e dei miei segreti».

«Rispondi con sincerità: sapevi che c'erano anche delle spie tra quella gente?»

«No. Le prime volte c'erano madri disperate con bambini che piangevano: capii subito che era molto difficile farli zittire e che correvamo un grande rischio. Poi si aggiunsero anziani, famiglie con il volto segnato dalla sofferenza provenienti da Fiume, Zara, Capodistria e altre località. Tante furono le persone a cui riuscii a far varcare il confine con Trieste. Trascorrevamo insieme qualche giorno e ogni tanto mi affezionavo a qualcuno, anche se sapevo che non li avrei mai potuti conoscere sino in fondo. Raggiungevo la strada per Opicina e poi andavo verso i boschi, nel Carso fino a raggiungere il confine slavo. Loro si nascondevano in qualche baracca, con l'aiuto di qualche contadino della zona, per poi pian piano raggiungere la città. Seppi anche di persone che vennero raggiunte da raffiche di mitra, perché fuggivano senza alcun controllo dei partigiani slavi tra le doline del Carso. Molti altri si dispersero in campi profughi sparsi per l'Italia». Fece un lungo sospiro e aggiunse: «Quando andai da Irina ero pronto a lasciare tutto, il rischio era diventato troppo alto. Presi la lista che hai trovato con l'intento di strapparla, ma non ci riuscii. E allora me lo ripromisi: quella sarebbe stata l'ultima volta».

V

VORREI SOLO VIVERE

Il buio si è fatto più vivo. A breve inizieremo a dormire, è giusto che mio padre riprenda le forze, però prima è lui a chiedermi un ultimo racconto. Sembra davvero interessato a saperne di più delle nostre vite e di tutto ciò che si è perso.

In un attimo sono di nuovo dentro quel luogo fatto di dolore, di speranza: era un tempo sospeso in cui si attendeva di essere consegnati a una famiglia.

*

Gli incontri in collegio con Fernando divennero meno frequenti rispetto all'inizio, ma rimasero l'unico modo che avevo per sapere di mamma Maria. Lo interrogavo ogni volta. O, per meglio dire, lo spremevo per avere quante più informazioni possibili.

Mia madre aveva iniziato a frequentare l'uomo che la lusingava ogni giorno davanti al banco del pesce fresco e non passò molto tempo da quando i due ufficializzarono la loro unione sotto gli occhi di tutti.

Maria e Antonio. Una coppia nuova e che forse poteva farle dimenticare l'abbandono di mio padre. Me la immaginavo come una rondine uscita dal nido, o una nave pronta a salpare verso nuovi porti.

Dai racconti, capii subito che lei non aveva molto potere decisionale tra i due: lui si dimostrava sicuro di sé, non le dava nessun margine per poter controbattere. Baffi curati, cappello, giacca e cravatta, Antonio era un funzionario di banca e fin dal primo istante aveva iniziato a farle una corte serrata.

Era bastato poco per farla cedere agli inviti e alle lusinghe e ben presto Maria non andò più a vendere il pesce.

«A te ci penso io, tu non devi fare quelle cose da donne povere» le diceva Antonio accarezzandole i capelli e lei accettò nonostante le piacesse quel lavoro. Antonio aveva la voce di ghiaccio ma gli occhi come petali dolci da sfogliare: così lo aveva descritto a Fernando, le poche volte che riusciva a frequentarlo perché lui la voleva sempre a casa, a pulire, rammendare, cucinare: un vero e proprio angelo del focolare.

Poi arrivò il desiderio di avere un bambino e per mamma fu un vero trauma. Un po' anche per me, non potevo accettare che ne nascesse un altro dopo avermi persa. Pensavo a un possibile fratello o sorella che non avrei mai visto, a quanto amore avrebbe potuto ricevere.

La pioggia cadeva su Trieste e io avrei voluto che la bora, prima o poi, potesse soffiare con furia e portarmi via da quel collegio, le cui pareti annerite dal tempo e dall'umidità erano segno di un tempo che mutava non dentro di me, ma fuori.

Fu Suor Iside, una sera, a entrare nella mia stanza per darmi una notizia.

«Domani verrà una coppia a conoscerti, penso che sarai proprio perfetta per quella famiglia» disse sorridendo. Il mio viso non aveva emozione, ero stanca e ferita.

Feci un cenno d'approvazione ma Suor Iside sapeva leggere dietro la mia corazza, aveva capito subito che per me ricominciare da zero in una famiglia diversa sarebbe stato molto difficile. Volevo mamma Maria e papà John.

Stella rampicante, sterpo nero, rosa di terra mai bagnata.

Così mi sentivo. Il mio cuore ardeva di odio come un martello che batteva il vestito della vita.

Non sapevo come avrei reagito di fronte a due nuove persone che avessero provato a essermi genitori. Pregavo e aiutavo Maurina a piegare le lenzuola dei vari letti delle compagne, toccava a noi quel giorno. Maurina mi vide strana e io non ebbi il coraggio di dirle che sarei andata via da quel posto, che mi avrebbe aspettato una nuova famiglia.

Ricordo bene l'istante in cui vidi due sagome entrare dal cancello del collegio. La gola mi bruciava e formava delle lacrime di cui solo gli occhi conoscevano i passi.

Suor Iside esortò a comportarmi bene con loro e io annuii, quasi obbligata dal suo sguardo severo. Un uomo avanzò verso di me, un viso rotondo come gli occhiali che indossava, dei baffi e un vestito elegante. Capii che poteva essere ricco. Fu la sagoma femminile che invece mi procurò un tonfo al cuore.

Non poteva essere lei, eppure non mi ero dimenticata del suo sorriso fragile e delle sue carezze. Quella donna era mia madre, Maria.

«Loro sono Antonio e Maria. Se tu vorrai potranno essere da oggi i tuoi genitori» pronunciò con grande entusiasmo suor Iside porgendo ai due dei documenti da firmare. Mi chiesi come potesse essere possibile, ma in effetti ero stata portata qui dai servizi sociali perché mia madre non poteva crescermi da sola: ora aveva accanto a sé un uomo ricco che poteva garantirmi una vita dignitosa. Che bel regalo che mi stava facendo la vita!

Il cielo disegnava un nuovo mattino e forse una nuova pagina della mia vita.

Maria mi guardava con attenzione. I nostri sguardi erano diventati complici nel giro di pochi istanti.

Antonio stava firmando i documenti mentre Suor Iside controllava che non sbagliasse. Poi mi fece una carezza sulla guancia e assaporai, indirettamente, un forte odore di tabacco.

Io e mamma ci guardammo in un silenzio impenetrabile, eravamo ancora assieme dopo tanto tempo.

Lasciare il collegio segnò la mia vita come un passo importante. La valigia era densa di tutti quei momenti che mi avevano attraversata sin lì.

«Ora che avrai una nuova famiglia sono sicura che starai bene e riprenderai, mi auguro, le buone maniere che qui hai perduto per la tua cocciutaggine» disse Suor Iside inarcando le sopracciglia e poi si avvicinò a me dicendomi con una flebile voce: «La tua infanzia è stata difficile, sei cresciuta tra queste mura. Ora te ne andrai da questo posto, ma sappi che sarò sempre qui e per me non te ne sarai mai andata». Iniziò a piangere, facendo scivolare la sua mano lungo la mia guancia, per commozione o tristezza. Ci abbracciammo. Suor Iside era una donna diligente, l'anima del collegio, capiva ogni umore nascosto dai nostri occhi. Mi aveva insegnato a fare e stendere il bucato, impastare, far da conto e disegnare.

Vedevo mia madre impaziente mentre Antonio caricava la mia valigia sulla sua auto, grigia come la sua anima che iniziavo a scorgere, dietro quel duro sorriso.

Dagli occhi lucidi, Maria sembrava che avesse voluto stringermi talmente forte da far cadere le foglie senza suono e, nell'alto delle mani, far partire delle farfalle di gioia la cui luce non potesse avere fine.

Fu nell'istante in cui Antonio se ne andò che potemmo abbracciarci. Rivedere mia madre e sentire le sue calde braccia era l'ora della tenerezza che avrei voluto non si fermasse mai.

«Mamma, ti trovo dimagrita, ma sei sicura di stare bene? E quel livido sul braccio?» le chiesi notando l'alone di sofferenza che giaceva nei suoi occhi.

«Non è niente, sono così felice di riaverti con me figlia mia». Le lacrime di commozione uscirono senza sosta dagli occhi, sentivo che avrebbe voluto gridare al mondo intero la bellezza dell'esserci ritrovate.

Fu difficile però convivere con Antonio. All'inizio si giocava e scherzava, l'atmosfera era goliardica e distesa ma non durò molto. Le sere in cui Antonio tornava ubriaco furono l'inizio del buio, della paura; molte volte lui e mamma litigavano e sentivo il livore che usciva dai suoi insulti.

Avevo quasi tredici anni, il mio corpo era fiorito precocemente, i miei capelli sciolti, sempre pronti a essere spazzolati da mamma, i seni già cresciuti, gli occhi grandi, oggetto di attenzioni da parte dei ragazzi della scuola che frequentavo. I suoi, quando mi guardavano, sembravano cenere, aveva qualcosa che graffiava nell'interiorità. Ricordo che un giorno a cena, mentre in televisione c'era Nilla Pizzi che cantava al festival di Sanremo, mi misi anch'io a cantare ripetendo il ritornello della canzone. Antonio si arrabbiò pregandomi di far silenzio, perché a cena era proibito parlare e far rumore. Mi fissava continuamente, con disapprovazione. Il nostro rapporto all'inizio era davvero diverso, si andava a far le passeggiate tutti e tre al castello di Miramare, a comprare la *putizza*, la pasta lievitata con uvetta, pinoli e noci. Tutto questo sembrava un lontano ricordo ormai. Mamma Maria piangeva spesso, sentivo che era infelice e Antonio diventava sempre più nervoso.

Così me ne tornai nella stanza, piccola come il mio cuore s'era fatto, vacillava la mia libertà. Le lenzuola lilla, le persiane chiuse, non vi era molta luce. E poi le grida. Ancora una volta mamma e Antonio discutevano, la voce dell'uomo era fredda e perfida. Il suo desiderio di avere un figlio sembrava essere svanito dopo il mio arrivo, ormai quasi ogni sera tornava a casa ubriaco. L'immagine di un uomo perbene, un banchiere ricco, si stava trasformando in quella di un orco cattivo dove le botte e gli insulti erano all'ordine del giorno e mia madre subiva, senza dire una parola. Non potevo essere piombata in un altro incubo.

Un coro di nebbie inondava la mia anima e mi placai nel sonno fino a notte fonda, quando udii la porta aprirsi e le sue sporche mani toccare le mie gambe. All'inizio lentamente, poi in modo sempre più insistente tenendomi con una mano il braccio e con l'altra la bocca. Era difficile per me gridare, era qualcosa di spregievole e lurido allo stesso tempo. Quel mostro si divertiva, sfogava la sua rabbia e il suo desiderio con me, lasciandomi dentro profondi solchi, dilanianti ferite che mi sarei portata per tutta la vita.

Solo Dio sa ciò che passai in quella casa, tra violenza e insulti. Temevo per l'incolumità di mamma e anche per la mia. Era diventata una situazione pesante, una sete di libertà che dovevo saziare presto.

Non esisteva una terra tutta mia, la mia stanza era diventata il fardello delle colpe, mi sentivo inadatta, sporca e le lacrime erano l'unico modo per rendermi conto che stavo vivendo ancora. Nei momenti d'assenza dell'orco spronavo mia madre a parlare con papà John ma la sua totale omertà e il suo silenzio inaccettabile mi spinsero a trovare una via di fuga.

Io volevo salvarmi.

*

Sotto il cielo di Trieste mi attese l'aria della sera che mi baciava. Il ricordo di quei morsi, dell'alito di vino di quell'orco mi dava una forte nausea. Raggiunsi Fernando al Gino's Bar, ma non sapevo cosa dire.

«E tu che ci fai qui così? Non sei a casa con tua madre e Antonio?» mi chiese sottovoce nascondendomi vicino ai guardaroba.

«Ti prego, tienimi una notte con te, non voglio tornare dalla mamma e dall'orco». Iniziai a piangere singhiozzando, avrei voluto tornare da papà John, ma sicuramente non mi avrebbe voluta. Mai mi aveva cercato.

Fernando aggrottò la fronte, prese il suo soprabito marrone e mi portò a casa sua. Da quando le forze angloamericane se n'erano andate nel 1954, quel bar aveva perso molta clientela.

«Cosa sono questi lividi? Laura, che succede?» erano le domande che lui mi porgeva ma preferivo il silenzio. Non osavo pensare a ciò che si sarebbe scatenato. Non volevo essere abbracciata, toccata, sfiorata da nessuna persona di sesso maschile.

La mia vita era a grappoli sfregati, una pianura sfiorita.

Fernando mi diede delle coperte e mi fece sistemare sul suo divano. La casa non era molto grande, era rimasto solo dopo la morte della moglie e trovava nella solitudine un grande equilibrio. Mi ero persa a fissare la libreria del salone ma poi avvertii che stava parlando, sottovoce, con il collegio.

Non poteva essere vero.

Presi il mio zainetto e scappai da quella casa.

Ritornare da Suor Iside sarebbe stata una grande delusione e sicuramente lei avrebbe additato a me le colpe dell'affido malriuscito.

La pioggia iniziò a battere incessantemente, mi rimanevano solo il grido e l'urlo, il primo volto alla disperazione che mi stava attanagliando, l'altro come speranza per un futuro migliore, perché più nulla era rimasto sulla terra.

Passeggiai lungo il porto Vecchio e poi salii verso Opicina. Mi sembrava di vedere il Carso imbiancato in lontananza, ma ero sull'Altipiano.

Il fiore della mia solitudine stava crescendo.

Durante il tragitto verso un dove che ancora non conoscevo mi capitò di ripensare a mia madre, a come soccombeva in quel silenzio. Per lei non ci sarebbe stata via d'uscita, non brillava, era spenta dentro ed ero sicura che le botte sarebbero continuate soprattutto dopo la mia fuga.

Non la vidi più.

*

Inizia a fare un po' freddo e mi avvolgo meglio nella coperta, mentre papà beve una tazza di camomilla.

«Poi avvenne una svolta che ci riguardò da vicino» dice guardandomi negli occhi. E fu proprio così.

Lascio che il ricordo su quell'avvenimento così importante prenda fiato dalle sue minuscole labbra, voglio capire come l'ha vissuto lui.

Era la primavera del 1954…

La sera era giunta quando arrivai al confine con la Jugoslavia, nell'attesa del segnale che Irina doveva dare al suo "complice" slavo. Ero nervoso, pioveva e solo i lampioni della strada di confine illuminavano quel poco orizzonte rimasto.

Una lampada. Due volte.

Il segnale era giunto. Sospirai. Anche questa volta gli istriani sarebbero fuggiti senza regolare permesso per arrivare a Trieste e poi disperdersi in città o altrove.

Poi uno sparo.

E un altro.

Mi nascosi prendendo in mano l'arma, Irina accorse verso di me ferita a un braccio mentre la gente correva varcando il confine triestino.

Fu un istante rapido.

«Andiamocene di qui, ci hanno scoperti!» urlò e avvertii il suo dolore per la ferita.

Io e Irina ci tenemmo le mani, aggrappandoci alla speranza che doveva abbattere la tristezza. Vidi le persone gridare e nascondersi nei primi anfratti triestini e fu a quel punto che ti notai. Solo in quel momento provai paura e ti trascinai a forza dietro una casa.

Non potevo credere ai miei occhi. Ero a un centimetro dal tuo naso.

Sembrava saltasse, come se avesse nella mente i sussulti di una strada inchiodata male, una curva che sfumava in un rettangolo di cielo inclinato, grumoso.

Sì, ero tra quelle persone.

Senza saperlo mi ero unita ai fuggiaschi in quel lembo di strada, nuova salvezza.

VI

IL PENSIERO DELLA DISTANZA

Nascosta.

Questa era la parola che dovevo ascoltare quotidianamente dalla bocca di mio padre e di quella donna, Irina. Ero provata dalla situazione e ancora incredula di averlo ritrovato, ma mi ero decisa a raccontare tutto.

Le violenze subite, gli schiaffi dati a mia madre da quell'orco.

Mio padre era sconvolto. Avevo sperato tanto che mi portasse via e mi facesse sentire al sicuro, ma ora sembrava a disagio, quasi non sapesse come comportarsi con me. Era difficile anche riconoscerlo, aveva i capelli più lunghi, la barba poco curata. E soprattutto mi guardava a distanza, come se fossi un vaso fragile da trattare con attenzione. Ero contenta di passare del tempo con lui, anche se dovevamo stare nascosti, lui invece sembrava come un leone in gabbia.

«Meno sai, meglio è. Non voglio che ti si ritorca contro» mi disse di fronte alle mie incessanti domande, esprimendo la sua esigenza di proteggermi.

In quel piccolo appartamento, poco distante da Opicina, trovò luogo il mio nascondiglio. Sicuramente il collegio, assieme alla polizia, sarebbe stato sulle mie tracce. Irina era spaventata e si mordeva di continuo il labbro inferiore. Era una donna avvenente, fredda e silenziosa: aveva parlato molto poco con me nei primi giorni in quella casa, eravamo imbarazzate e ci scambiavamo solo pochi sguardi. Appariva distante e diffidente.

E se tra loro due ci fosse stato qualcosa?

Questa domanda mi accompagnò spesso in quei ventidue giorni.

Ventidue.

Un numero che mai dimenticherò come mai dimenticherò il momento in cui scoprirono dove mio padre, ricercato per quanto aveva fatto, era segregato.

Il vento tirava forte, anche il mare se n'era accorto.

La divisa di mio padre era sgualcita, ma ne era ancora orgoglioso. Era passato molto tempo da quando lui e altri compagni militari amministravano Trieste.

Prese per la mano Irina e l'avvicinò a sé.

«Dimmi che non lascerai mai Laura. La crescerai, le farai da madre». Guardò verso il basso, i suoi occhi si erano posati su una porzione di suolo.

«Lo farò John. Promettimi che non dimenticherai mai i miei occhi. Io ti amo, e ti sto amando anche tra queste avversità. Non ci sono stati baci tra noi ma li ho sognati volare su quelle navi grandi con una destinazione sconosciuta».

I loro occhi si bagnarono delle lacrime, papà John disse che era sicuro che sarebbero venuti a prenderlo e sarebbe stato inutile scappare. Percepii che tra di loro non era successo niente e sperai che anche mio padre non si fosse innamorato di quella slava. Uno sguardo verso il cielo e l'altro verso di lui. I nostri sguardi si scontrarono e lo vidi fare un passo verso di me. Non sapevo cosa dire e anche lui sembrava a corto di parole. Poi, d'improvviso, sentii una carezza e corse via, come un treno fuori da una galleria. Rapido. Irina mi prese per le mani e insieme giungemmo alla stazione dove avremmo trovato un amico di mio padre che ci avrebbe assicurato un nascondiglio su quel treno.

Un'altra fuga.

Perché la mia vita era una fuga continua?

Ricordo la partenza dalla stazione, il mare che sembrava cantarmi lodi d'amore, il porto e poi la distanza che mi ammazzava il pensiero. Oscuri pini ai lati della ferrovia, il treno che prendeva velocità. Solo il mio cuore s'era fermato. Con una donna che conoscevo appena, ma che mostrò sin da subito di capirmi: durante quel viaggio con lei intrecciai un timido rapporto.

Non sapevo nemmeno quale destinazione avrei raggiunto. Solo in un secondo momento l'avrei saputo. Volevo correre, correre incontro ai gabbiani che svolazzavano dalla sabbia al cielo come in un grande moto di libertà. Misi la testa contro il finestrino e iniziai a ricordare le ultime parole che mi disse Fernando su mamma Maria.

Lo avevo visto il giorno fuori da quell'appartamento, volevo rassicurarlo e dirgli che avrei dovuto allontanarmi per un po'. Si rese conto che l'unica salvezza per me era la fuga e quella fu anche l'occasione per aggiornarmi sullo stato di salute di mamma Maria che in quel tempo viveva in un grande incubo: la sua omertà l'aveva relegata in un inferno profondo e tangibile. Non osava ribellarsi all'autorità di Antonio, sempre più violento. Tutto il suo corpo, che ospitava lividi, era arso d'amore. Le gambe pigre, le ginocchia, le spalle; dentro di lei albergava una forza repressa. Glielo confessò dopo che un giorno, per puro caso, l'aveva vista all'edicola.

«Non ci posso credere, Maria» disse abbracciandola ma mia madre si guardò con circospezione a destra e a sinistra per paura che qualcuno si accorgesse che lei era uscita di casa e Antonio venisse avvertito.

"Fernando, quanto tempo" sibilò con la sua flebile voce, quasi dolente come l'ora dei silenzi che non ha parole. "Vorrei tanto sapere dove si trova mia figlia Laura. È scappata da casa mia, e posso ben immaginare il motivo". Mamma iniziò a piangere e Fernando notò, con i suoi grandi occhi osservatori, due lividi sul polso. Non esitò e la portò a casa sua.

La casa di Fernando me la ricorderò sempre: i quadri di un pittore triestino che ricalcava il successo di Modigliani dipingendo tele di persone con dei colli lunghi. In ogni caso, in cuor mio, lo avevo perdonato per aver avvertito il collegio dicendo che ero da lui.

«Mia figlia è stata qui?» chiese Maria come se le mancasse il respiro. Fernando le portò un bicchiere d'acqua.

«Maria, voglio capire cosa sta succedendo. John è sparito, non viene più al locale, tu sei sotto le grinfie di quell'uomo, Laura non si sa dove sia finita».

Si alzò all'improvviso e la guardò negli occhi: «Maria, devi dare una svolta alla tua vita, non puoi permettere che quell'uomo continui a rovinartela. Vai alla polizia».

Era un nodo difficile da sciogliere. Solo a quel punto lei crollò.

«Non mi crederebbe nessuno, mi hanno sottratto una figlia, mio marito mi ha abbandonata per seguire chissà chi. Non ho più una vita, vado avanti per inerzia. Mi sento perduta, furiosamente libera e tu non sai quanto la mia anima vacilli in ogni istante». Deglutì e poi ringraziò Fernando per avermi dato ospitalità.

Abbassò lo sguardo, si sistemò il cappello di lana rossa con una rosa bianca appuntata sopra e si diresse verso la porta.

«Ti auguro solo buona fortuna Maria». Furono queste le ultime parole che si librarono come ali di libellula in cerca di un approdo.

La guardò allontanarsi, poi venne attirato da un'autoambulanza che si stava dirigendo verso il porto vecchio. Maria accelerò il passo. Una donna richiamò la sua attenzione e le si avvicinò, mentre lui le raggiungeva confuso.

«Hanno investito Antonio!» disse gridando dal terrore.

Maria corse a perdifiato attraversando la piazza e giunse nel punto indicato dalla donna. La polizia stava già facendo dei rilevamenti e sull'asfalto il corpo senza vita di Antonio.

Gli occhi della donna si abbassarono verso il mare e poi in alto, sul lento sopire di nuvole bianche. Fernando la raggiunse e cercò di portarla via da quella scena macabra.

La vide persa e scossa per quanto le era successo.

E così scoprii che Antonio era deceduto in seguito a un fatale incidente. Stava attraversando la strada per rincasare e una vettura era sopraggiunta. L'autista, forse per una distrazione, lo aveva colpito in pieno e i soccorsi non erano bastati a riportarlo in vita.

Fernando riaccompagnò Maria a casa. Il tendaggio opaco, un po' di polvere sulla libreria nel corridoio e un silenzio surreale.

«Maria, vado a prenderti un bicchiere d'acqua» disse l'uomo, asciugandosi il sudore che grondava dalla fronte con un fazzoletto. Il clima umido di giugno si era manifestato da qualche giorno.

Una volta che ebbe porto a mamma Maria il bicchiere d'acqua, si sedette al suo fianco. Il divano amaranto, in seta d'alcantara, parlava di abbandono, di tristezza.

«Fernando, grazie per avermi accompagnata a casa».

«Come stai?»

«Mi sento così avvilita, così sola». Si mise a piangere mentre sorseggiava l'acqua che le bagnò le labbra, arse e piene di dolore. Il dolore dei pugni chiusi di Antonio.

Fernando scosse il capo: era difficile trovare delle parole adeguate. Non seppe cosa rispondere, ma comprese che Maria aveva bisogno di un valido aiuto psicologico per tutto quello che aveva vissuto.

Era nera, oscura la notte.

Stava piovendo.

Anche sulle vetrate del treno scorreva a grande ritmo la pioggia. Le mie mani erano piegate come se avessero voluto imprigionare del fumo. Ripensavo a papà e mamma, a tutti i dettagli che Fernando mi aveva raccontato con meticolosità, forse avvertendo la mia incessante esigenza di conoscere cosa stesse succedendo a chi volevo bene. Ma qui davanti a me c'era una donna ferita nell'amore.

Irina.

«Fra poco saremo arrivate a Milano» mi disse con un timido sorriso. Non parlammo molto durante il tragitto, ma capii che la foce del suo fiume era in piena. Aveva talmente tante emozioni da sprigionare che avrebbe dovuto farlo prima o poi.

Mi sistemai la frangia dei capelli e sospirai. Sentivo nella distanza il rumore del mare che alimentava la mia nostalgia.

Il treno si era fermato.

Irina mi aiutò a prendere i bagagli e mi trascinò tra la folla della stazione.

«Ti vorrò bene come una mamma. Non è facile lo so, però proviamoci. Tuo padre ha fatto una scelta: quella di lasciare tutto».

Un abbraccio riconciliatore, nel quale inspirai un po' del suo profumo di genzianella, e proseguimmo verso quella che sarebbe diventata la nostra dimora.

La città era caotica, guardavo Irina camminare con un tailleur amaranto, due gambe da fare invidia. Me ne accorsi mentre raggiungevamo il cortile, dallo sguardo interessato di qualche uomo che gironzolava nei dintorni.

Capii che la sua vita era giunta a una svolta. Non era più la donna della casa di tolleranza ma una nuova madre. Il nostro rapporto era ancora agli albori, i suoi occhi erano colmi di dolore.

Una casa di mattoni, le tegole che lasciavano cadere l'acqua dell'inverno. Qui avrei dovuto abitare da oggi in avanti.

«Non è molto grande ma per noi due è abbastanza. Che ne dici?» mi chiese mostrando una fronte pallida e il rossetto scarlatto che lasciava pronunciare parole di speranza. Posai la mia valigia e guardai le pareti, sbiadite come la mia esistenza.

«Non è male» dissi guardando fuori dalla finestra le vetture che sfrecciavano a destra e sinistra, il poveretto in cerca di elemosina ai lati della strada e l'umidità di quel posto, resa visibile dalle gocce sulla finestra. In lontananza le guglie e i pinnacoli del Duomo.

L'aria della sera mi baciava con dolcezza, ma nel cuore avevo la bora di Trieste. Irina stava preparando la cena mentre i rintocchi delle lacrime suonavano un tamburo dolente.

Mi accarezzai il viso, la mia nostalgia aveva partorito l'ansia e il terrore di una vita nuova.

E avevo quasi sedici anni.

*

«Ora capisci cosa provai in quei momenti? L'arrivo a Milano non fu certo dei più facili, papà, e quando in seguito scoprimmo del tuo arresto da una lettera di Fernando il mondo mi crollò addosso» confesso asciungandomi una lacrima che avvolge la mia malinconia.

«La tua stessa paura di abitare in un'ambiente nuovo la ebbi anch'io quando mi arrestarono. Furono anni tremendi, sai?»

«Come sei andato avanti?»

«Pensando a voi. Molte volte mi chiesero di te ma negai della tua esistenza dicendo che non sapevo dove tu fossi. Di Irina non seppero niente. Dal carcere uscii cambiato, con la voglia di riprendere in mano la mia vita. Ma la malattia mi perseguitava. Ogni giorno che passava era un sole perso e mi mancava respirare il profumo della libertà. Ho abbracciato tanto silenzio in quegli anni, ho imparato a dare il valore giusto alle cose».

È ciò che ho fatto anch'io, quando sono rimasta sola.

Non ho più le forze di proseguire. Vorrei andare fuori, passeggiare fino al molo Audace prima di ritornare a Milano. Sarebbe il momento giusto per riconciliarmi con la città.

«Mi piacerebbe poter sentire di quello che hai fatto in carcere. Se ti va, domani, potremmo parlarne al molo, sempre se puoi uscire».

Non ricordo mio padre sorridermi da quando ero bambina. Allarga le sue labbra e mi fa un cenno d'assenso.

Poi dormiamo.

Il mattino seguente esco dalla clinica per dirigermi all'albergo quando la luce del sole ha già steso le sue braccia sulla città. Tornare qui significa dar sfogo al dolore che ulula come un lupo in un bosco.

Passeggio lungo il porto Vecchio e immagino mia madre vendere il pesce dai bancali.

La lavagna del cielo blu scuro è tesa contro la mia anima.

Giungo infine all'albergo, poco distante dalla caserma in cui mio padre lavorò per molto tempo. Ogni pietra d'inciampo di queste vie è un continuo arrampicarmi nei silenzi del ricordo.

«La colazione è servita sino alle dieci e qui vi è una brochure con i luoghi attrattivi della città. Lei per quanto tempo si fermerà?» mi viene chiesto alla reception. Non so che rispondere, Trieste è dentro di me dalla nascita.

«Penso di ripartire domani nel pomeriggio. Per la brochure non si scomodi, io sono nata e vissuta qui. È un ritorno alle origini, anche se per poco tempo».

Apro la porta della stanza e mi sembra di essere tornata indietro nel passato a quando conobbi il mio grande amore, in quella città dove la nebbia e il traffico regnano indiscussi, dove il Natale non può festeggiarsi senza panettone.

In questa stanza triestina rivedo i baci profondi della prima notte d'amore con il mio fidanzato, Giuseppe.

VII

UN GRANDE SILENZIO

In albergo, dopo un rapido sonnellino fatto per recuperare la scomodità della poltrona della clinica, apro le persiane che danno sulla piazza. Il profumo del mare pervade i miei terreni interiori, sembra quasi che riesca a raggiungere le radici dell'anima.

Tra poche ore rivedrò mio padre e proseguirò il nostro viaggio alla ricerca di punti sconosciuti a entrambi. Indosso un vestito color pastello, tonalità celeste, che possa ridarmi la tranquillità perduta.

Dopo una buona colazione, raggiungo l'esterno di quella che è la casa dei miei genitori.

Non è facile essere qui, ogni passo è un tuffo nel passato, nella sofferenza di essere stata strappata dalle braccia di mamma Maria o nella violenza successiva dell'orco. Per anni ho cercato di rimuoverlo dalla mente, di dimenticare quel dolore senza riuscire a tirar fuori ciò che provavo. Ma ora devo affrontarlo e lo sto facendo attraverso mio padre. Sembro una vela vinta, timorosa d'una barca che nel corso degli anni ho imparato a dirigere.

La casa ora è disabitata, le crepe sulla parete esterna danno un senso di passato tangibile; sui davanzali delle finestre alcuni fiori colorati e la porta d'ingresso, uguale a un tempo, come se non fosse stata scalfita dal passare degli anni.

Mi dirigo verso la clinica per recuperare mio padre e portarlo, con la carrozzina, al molo Audace. Dopo alcune firme di rito usciamo e per lui è come assaporare una libertà perduta da troppi anni. Camminiamo in silenzio per qualche minuto, finché a un tratto si gira a guardarmi.

«Laura, non ti ringrazierò mai abbastanza per avermi fatto uscire da quel covo» dice dopo due colpi di tosse.

«Papà, se sono tornata a Trieste è per fare i conti con un passato doloroso. Sediamoci qui un attimo» dico guardando con stupore le cromie che il giardino della clinica rivela ai miei occhi: genzianelle, orchidee, uno spazio colorato immerso dal profumo di questi fiori favolosi.

«So che tu vuoi sapere di me e speri che io ne sappia di più su tua madre, ma io vorrei conoscere anche di te, di Irina». Altri due colpi di tosse mi spingono a tirare fuori la bottiglietta d'acqua che mi sono procurata al bar prima di venire.

Guardarlo negli occhi grigi e profondi mi permette di avvertire il suo senso di sofferenza e finalmente comprendo il sacrificio che ha compiuto facendomi partire con Irina per Milano. Ora colgo meglio in lui questi sentimenti, il suo istinto di protezione.

Scuote il capo e prende fiato osservando due uccellini che hanno preso il volo.

«La vedi quella betulla?» mi chiede puntandole il dito.

«Sì, deve essere una pianta secolare» rispondo aguzzando la vista.

«Quell'albero ha accompagnato ogni mio giorno da quando sono qui dentro».

Ci guardiamo per un istante in silenzio e papà John stringe i pugni chiusi. Ora ho bisogno io di una risposta.

«Papà, come hanno fatto ad arrestarti?»

Gli occhi di mio padre si fermano, immobili come se stessero prendendo la mira sui risvolti amari della sua gioventù. Poi inizia il racconto.

Dopo che tu partisti con Irina, io mi nascosi per qualche giorno in una casa disabitata, poco distante da Opicina. Ripensavo a tutto il dolore provato e lasciai che una lacrima scorresse dal mio involucro verso l'esterno. Ero arrabbiato con quel mondo che mi aveva allontanato dagli affetti più cari, prima Maria, poi tu. Avrei voluto maledire la vita e tutto quello che mi aveva tolto.

La polizia di Trieste mi dava la caccia, non ci volle molto per trovarmi. Ci fu una soffiata, durante l'ultima fuga degli istriani: in due vennero arrestati e dopo varie torture fecero il mio nome.

Era una giornata di pioggia e il vento soffiava forte sull'altipiano. Ero riuscito a proseguire per alcuni giorni con qualcosa che mi ero portato da mangiare, durante la fuga, e poca acqua. Un viaggio solitario che mi permise di ripercorrere tutta la vita. Adiacente all'abitazione, una betulla che sembrava proteggermi dal nemico esterno, da ciò che stavo scappando. Trovavo in quell'albero un qualcosa di speciale, come se potesse ascoltare la sofferenza di quei giorni.

L'arrivo della polizia di fronte a quella casa fu, paradossalmente, una liberazione: non dovevo più scappare, ormai ero in trappola. Mi rassegnai a saldare i conti con la giustizia.

Lugubri sbarre si aprirono per me, sapevo che avrei passato molti anni in gattabuia.

Era arrivato il momento di mettere in ordine la mia vita e di immaginare come sarebbe stato il futuro. Il mio compagno di cella non era molto loquace, sembrava quasi che appartenesse a un'altra realtà, parlava da solo e pronunciava nomi incomprensibili.

La notizia del mio arresto giunse anche a Fernando, oramai in pensione, che mi raccontò, in uno dei primi colloqui che mi vennero consentiti, di averlo comunicato anche a Maria un giorno a pranzo.

Come posso spiegartelo? Il carcere divenne per me un luogo di redenzione e sofferenza, nonché di consapevolezza. Il mio compagno di cella doveva essere un anarchico: non parlava più, era calato in un silenzio assoluto.

Dalle grate potevo vedere il colore del cielo cambiare senza che nemmeno un petalo di luna, con le sue onde e le sue disgrazie, potesse mancarmi. Conoscevo l'alba e il tramonto, il respiro della mutevole brezza e sognavo di suonare ancora quel pianoforte che allietava le ore goliardiche nel locale degli americani.

Maria accettò infine di vedermi, grazie anche a Fernando che si occupò di accompagnarla.

A passo lento, verso il parlatoio, un garofano sul cappello, i guanti di pizzo beige e il rossetto carminio malmesso, segno di un tremolio costante. Eravamo entrambi molto emozionati.

«È trascorso troppo tempo John. Tu non hai idea di quello che ho dovuto passare in tutti questi anni» disse sedendosi senza togliere il suo sguardo dal mio. «Mi fa male saperti qui dentro, ma vorrei sapere che fine ha fatto nostra figlia».

Un rivolo di lacrima scese dall'occhio sinistro e andò a bagnarle il rossetto.

«Nostra figlia è al sicuro, è lontana da Trieste. Io ho commesso un reato, ho ancora molti anni da scontare. Ho favorito la clandestinità» spiegai toccandami il bavero sudicio della camicia, grigia come la mia anima tormentata.

«A me era stata data una seconda possibilità, dopo che Laura mi fu strappata dalle mani ingiustamente. Avevo incontrato un uomo che pensavo potesse capirmi e invece ho solo preso botte. Anche Laura ha subìto le percosse. È scappata». Le lacrime iniziarono a farsi torrenti gonfi che solcavano le guance. Gettai un pugno sul tavolo destando l'attenzione delle guardie.

«Perché non sei venuta a cercarmi prima? Fernando mi ha detto che volevi vedermi e io gli ho chiesto di scusarsi con te

tante volte. Ti avrei aiutata. Non avrei permesso a quell'uomo di farvi del male».

Maria sospirò. «Mi hai abbandonata, John, e Laura mi è stata strappata dalle mani. Dovevo stare a galla da tutto quel dolore». Iniziò a tremare, me ne accorsi e avvertii le guardie presenti.

Maria venne portata via in autoambulanza e io rimuginai su tutto quello che era successo, struggendomi per non essere stato presente.

«Tutto bene?» chiedo quando mio padre s'interrompe. Appare scosso da quel ricordo, ma lui continua intrepido il racconto.

Mi sentivo ingabbiato e preoccupato in quel momento.

Mi mancava il vento sulle guance. Il vento è come un cavallo: corre per il cielo e per il mare. Se solo avesse potuto portarmi lontano da quella galera...

Ho sempre avuto un particolare desiderio di accarezzarlo con le dita: era come una privazione difficile da sostenere, per me che avevo imparato ad amare la brezza al porto Vecchio, a respirare la salsedine dal castello di Miramare.

Sapevo di poter contare sulla vicinanza fraterna di Fernando a tua madre. Fu lui a occuparsene e a informarmi periodicamente su quello che le stava succedendo. Quando andò a trovarla, i medici gli diedero una brutta notizia.

Gli chiesero se era un amico di famiglia e lui rispose che Maria era sola.

«La signora Maria ha un principio di catatonia, una sindrome psicotica caratterizzata da anomalie corporee ed emotive. Verificheremo se questa sua condizione sia legata a delle patologie organiche» così gli comunicò il medico.

Fernando confessò di essere rimasto a lungo a fissare il vuoto, non sapeva più proferir parola. Gli diedero un elenco di cliniche psichiatriche del territorio nel quale avrebbe potuto essere ricoverata.

«Noi possiamo fare delle analisi accurate ma questa donna va seguita costantemente. Ora è seduta nella stanza, di là, immobile e con lo sguardo perso. Se nota, anche il rossetto è sbavato, la gonna che indossa è posta al contrario. Le stia vicino il più possibile».

Una pacca sulla spalla e queste furono le ultime parole che dissero a Fernando.

Mi riferì tutto con un nodo alla gola, poi cadde in un grande silenzio.

VIII

UNA CITTÀ NUOVA

Quando la bora soffia in modo impavido, allora sarà una buona giornata. Così mi diceva sempre Irina, che aveva imparato a riconoscere questo vento così impetuoso e forte da sconvolgere non solo i capelli ma anche l'anima.

Io e papà John siamo arrivati al molo Audace e da lì possiamo scorgere la vastità dell'infinito.

«Quando approdai a Trieste con la nave americana rimasi subito colpito dalla bellezza che questo molo sprigionava. Ti rimane qualcosa dentro di assolutamente indimenticabile» riflette estraendo il fazzoletto dalla tasca del suo giaccone marrone scuro per asciugarsi la fronte.

Lo porto vicino a una panchina e mi siedo. Accarezzo i suoi capelli e guardo le rughe che gli solcano il volto, a diretta testimonianza di una vita vissuta.

«Laura, ora devi dirmi di te, di quello che hai fatto a Milano, di Irina e se ancora hai saputo toccare il pianoforte, come quando da bambina ti avvicinavi a quello strumento con timore nemmeno fosse uno spaventapasseri: avevi paura di sbagliare i tasti e di fare una pessima figura».

La forza del vento si è placata ma in compenso la potenza delle parole ha trovato dimora tra le mie labbra.

È come sciogliersi di fronte a un padre che per molto tempo il silenzio ha avvolto. Un'occasione imperdibile, certamente, ma non sarà facile snodare i miei discorsi, le mie paure, le incertezze di una ragazzina poi ventenne in una città nuova, diversa, senza il mare ma con un affetto ritrovato.

*

Aprile 1965

Milano era una città di impiegati e di operai, drogherie, mercerie e ferramenta, bar scuri e poco lindi, scie di una periferia industriale che arrivava sino ai Navigli.

In corso Magenta il pane del *sciur Dino* era diventato familiare a me e a Irina, come la buona fesa di vitello della macelleria della *Pinuccia* o le trattorie toscane, le osterie pugliesi e piemontesi, nonché le latterie con tavolini minuscoli che servivano uove fritte e formaggio. Eravamo totalmente immersi in un microcosmo dove le voci erano convulse.

La mia giovane ombra proiettata sull'asfalto era diventata grande grazie a Irina che si era fatta in quattro per crescermi. Il lavoro che svolgeva era pesante, stirava per quattro famiglie del circondario e la sera avvertivo la sua stanchezza tra una tazza di tisana fumante e gli occhi che toccavano la corda del sonno.

«Se tu non fossi qui con me ora, sarei in qualche orfanotrofio o casa d'accoglienza. E sinceramente non vorrei» dissi una volta dandole una zolletta di zucchero da mettere nel caffè. Irina mi guardava con affetto, muovendo i capelli miele ambrato con qualche riga color fumo. Allargò le labbra in un sorriso.

«La forza di rinascere. Tu mi hai trasmesso questo Laura. Sono passati alcuni anni dal nostro trasferimento e per me è come aver iniziato un'altra vita. Sai bene cosa facessi a Trieste» disse sorseggiando la tazza fumante.

Sì, lo sapevo, me l'aveva rivelato poco dopo il nostro arrivo. Mai avrei immaginato che fosse stata una prostituta: quando mi raccontò parti della sua vita trascorsa in quel bordello di piazza Cavana, rimasi a bocca aperta.

«Mi hai dato una casa, un'istruzione, dei vestiti, il pane. Io non potrò mai dimenticarlo. Ho deciso che inizierò ad aiutarti».

Irina si strofinò gli occhi.

«Ho chiesto alla drogheria qui sotto e domani mi sapranno dare una risposta. Voglio contribuire al pagamento della casa» proseguii con tono perentorio. A quel punto sgranò gli occhi e mi diede una carezza.

«A volte penso che il fatto di essermi trovata madre da un momento all'altro sia stata una grazia Divina, e forse anche la ricompensa per aver amato in silenzio tuo padre"».

Queste parole mi fecero pensare al grande sacrificio alla quale Irina era stata sottoposta: lasciare una città con una bambina verso una realtà nuova fatta di contrasti e fatiche, in un posto dove le case appartenevano agli adulti e in cui nessun adolescente si sarebbe mai sognato di poterci fare l'amore…

Stare in strada era la dimensione di noi ragazzi, anche in quei giorni di pioggia fradicia e di luce livida che oggi sembrano scomparsi, così come le serate di nebbia.

«La verità, cara Laura, è che sto invecchiando, e me ne accorgo dal fatto che gli uomini non mi guardano più come prima. Prendi l'avvocato del pian terreno, sembra quasi che abbia la lebbra, non mi degna di uno sguardo». Iniziai a ridere a crepapelle, assieme a lei che era divenuta la dimensione materna.

Avevo lontani ricordi di mamma Maria, e mi chiedevo spesso che cosa le era successo e dove fosse finita. Vedevo in Irina la madre che avrei sempre desiderato avere, amorevole e comprensiva.

«Avevamo anche provato a scriverti delle lettere ma non ci fu mai risposta. Mi convinsi che il tuo secondo abbandono fosse un modo per farmi capire che ero un peso del quale ti volevi liberare, anche se Irina ti difendeva sempre» confesso a mio padre, ora che posso finalmente guardarlo negli occhi. Poi torno a immergermi nei ricordi.

Di sera, la città era un nugolo di persone che si spostavano quasi con frenesia e anche io provai quest'ebbrezza.

Alcuni uscivano di casa per baciarsi in pace o anche solamente per rimanere insieme e parlare; avrei voluto farlo anch'io, anche se faticavo a legarmi agli altri, le mie compagne di studi sembravano tutte avere la puzza sotto il naso e ti fissavano da capo a piedi. Eccetto una: Maria, una ragazza generosa e altruista, una persona così squisita non l'avevo mai incontrata prima d'ora, inoltre portava lo stesso nome di mia madre.

Frequentavo qualche bar nelle vicinanze alla ricerca di un piccolo pianoforte che potesse liberarmi dal forte momento di sconforto che, ogni tanto, si impossessava delle palpebre del cuore.

Passeggiare lungo quelle strade e pensare a ciò che ero stata e a quello che avrei dovuto essere simboleggiava il mio passatempo preferito.

Il mio occhio scorgeva le fermate d'autobus con il perenne ritardo di una fidanzata al suo appuntamento; le camminate interminabili con Irina verso il centro, gli spiccioli contati per sapere se potevamo sederci al chiuso per un paio d'ore e berci un caffè o una bibita.

Un giorno, però, mi capitò qualcosa di assolutamente impensabile: avevo dimenticato il mio portamonete per pagarmi un caffè.

«La prego, mi scusi, abito qui in fondo alla via, vado a prendere i soldi e arrivo» dissi trafelata continuando a cercare la moneta nelle tasche del mio cappotto bordeaux finché un giovane, non molto alto ma d'un fascino irresistibile, si offrì di saldarmi il conto.

«Scusa se mi sono permesso ma sembravi un po' in difficoltà» osservò mordicchiandosi le sottili labbra come se fosse assalito da un leggero imbarazzo. I suoi occhi castani richiamavano il colore della corteccia degli alberi e i capelli erano come mossi da una spirale di vento.

Iniziammo a scambiare due chiacchiere ma avevo fretta, dovevo ritornare a casa.

«Mi chiamo Giuseppe, se ti va potremmo farci una passeggiata nei dintorni ogni tanto. Sempre che i tuoi genitori siano d'accordo»

Mi misi a ridere e scossi il capo. Non avrei mai pensato che lo spirito nobile avesse colpito anche la generazione maschile. Eppure Giuseppe ne sembrava l'emblema, per avere vent'anni.

Percorsi la strada verso casa con un'emozione talmente intensa da farmi venire le farfalle allo stomaco, proprio mentre i giornali annunciavano l'arrivo dei *Beatles* a Giugno. Chissà, forse Giuseppe mi avrebbe potuto accompagnare.

Stavo correndo un po' troppo e anche Irina me lo sottolineò.

«Devi darti del tempo per conoscere meglio questo ragazzo. Io me ne intendo di uomini, a mio discapito. Posso solo dirti che l'unico per il quale ho provato un sentimento sano è stato tuo padre».

Irina ne parlava con commozione, mentre le nuvole si spostavano sopra i tetti dei caseggiati di fronte al nostro. L'emozione di essere entrata nelle orbite del cuore di qualcuno era troppo forte, anche se una parte di me temeva potesse essere una semplice illusione.

Intanto l'intera città si stava trasformando. Si vedevano molti cantieri tra il centro e la periferia; in breve tempo sarebbero sorti il Pirellone, la Torre Velasca e la Torre Galfa. Non riuscivo a stare al passo con quei cambiamenti, avevo l'impressione di essermi catapultata in un vortice emozionale senza via d'uscita. Il cielo lacrimava pioggia e cospargeva le strade nel suo fervore bagnato.

Una sera di qualche settimana dopo, ci fu il mio primo appuntamento con Giuseppe: venne a prendermi con la sua *Lambretta* e cenammo in una piccola ma graziosa osteria pugliese, con delle tradizionali tovaglie a quadretti bianche e rosse.

«Dal primo momento in cui ti ho vista, Laura, mi sei subito piaciuta» esordì dopo dieci minuti di silenzio davanti a un piatto fumante di orecchiette. Per poco non m'ingozzai.

«Non staremo correndo un po' troppo, Giuseppe? In fondo non so molto di te. Io ti ho raccontato poco della mia storia e tu quasi nulla» dissi sistemando la gonna rossa che iniziava a essermi un po' stretta. Notai che Giuseppe rimase male volgendo lo sguardo verso il vuoto, ma poi riprese a parlare.

«Non ho molto da dirti sai? Solo che sono un operaio e che lavoro in una fabbrica. Sono stato cresciuto da mia nonna, nel quartiere periferico Olmi. Ah, e ho una grande passione per i Beatles!». Risi e mi lasciai trasportare dal suo entusiasmo. «Mi piacerebbe portarti sabato sera al bar *Jamaica* dove suoneranno Jannacci e Gaber. Ti passo a prendere alle otto. Che ne dici?»

Questa proposta era allettante, Irina ascoltava spesso le loro canzoni e la radio non finiva mai di trasmetterle. Venne la notte e ripensavo alle parole e alla proposta di Giuseppe, oltre che ai suoi occhi. Fu l'inizio di una serie di appuntamenti, uno più bello dell'altro.

Una domenica pomeriggio, Maria arrivò a casa nostra portandoci delle pastarelle e Irina ne fu molto contenta.

«Anche se i miei occhi non ci vedono molto bene, sento il profumo di queste leccornie» disse tra le nostre risate.

Nella mia stanza regnavano alcuni poster dei *Beatles*, vari libri, dei vinili e delle fotografie di Trieste, alla quale ero sempre molto legata.

«Laura, tu sai poco di questo Giuseppe, come puoi fidarti di lui così ciecamente?» chiese la mia amica sedendosi sul mio letto, sopra le lenzuola abbellite con dei cuoricini ricamati da Irina.

Non aveva tutti i torti ma io sentivo di potermi fidare di lui.

«Capisco i tuoi dubbi, ma quando l'ho visto per la prima volta è come se fossi rimasta folgorata dal suo sguardo. Non so come dirti. Comunque ho da poco iniziato a lavorare per la drogheria e ci vedremo molto poco». Buttai un giornale nel cestino, un segno di sconforto si era impossessato del mio corpo.

«Datti tempo, non devi essere precipitosa con lui. Senti, che ne dici se domani pomeriggio, dopo lavoro, ce ne andiamo in centro? Prendiamo la metropolitana rossa, che è un bel segno di una novità che avanza» m'incitò Maria e io abbozzai un sorriso dicendo con ironia: «Sembri un'annunciatrice della Rai». Scoppiammo a ridere mentre dal salotto ci giunse una lamentela. Era Irina che stava richiamando la nostra attenzione, ci disse che vedeva tutto sfocato. Aveva iniziato ad accusare un dolore agli occhi fissando le immagini in bianco e nero che scorrevano sul piccolo schermo del televisore.

Tramite il nostro dirimpettaio, che era un medico, fummo subito indirizzate all'ospedale più vicino. Maria fu così carina da accompagnarci.

Irina si toccava gli occhi, diceva che le bruciavano ed ero in apprensione per lei: perché la vita si stava accanendo ancora una volta su di noi? Avevo il timore che le stesse accadendo qualcosa di brutto.

«Laura, stai tranquilla, andrà tutto bene. Sarà solo un po' di stanchezza». Il timore che questo momento così bello e sereno venisse sconvolto da qualcos'altro era tangibile e cercai di nascondere la mia paura. Del resto era normale che la provassi, mi ero affezionata tanto a Irina.

Il dottore uscì dalla stanza dove aveva fatto la visita: l'odore di disinfettante aveva ormai pervaso le mie narici e io mi ero persa con lo sguardo verso quelle bianche pareti che rendevano tutto molto asettico.

«Signorina Laura» esordì e, per un attimo, mi misurai con i laghi rossi del cuore. «Voglio essere franco con lei. La sua amica sta perdendo completamente la vista, è questione di poco purtroppo».

Maria mi prese le spalle cercandomi d'abbracciare ma mi divincolai e andai vicino alla finestra fissando sperduta il cielo.

Dentro di me non conoscevo più dolore.

C'era solo un profondo rammarico.

Quando trovai la forza di tornare da Irina la trovai ancora confusa. Ritornammo a casa, tra quelle mura che avevano ospitato il nostro traumatico arrivo, dipinte d'un colore simile al pesco in fiore che col tempo ci aveva donato la sua semplicità e il suo calore.

Irina non vedeva.

Un padre in carcere, una madre assente e in clinica psichiatrica e una seconda madre non vedente.

Dovevo farmi coraggio, era arrivato il momento di essere madre e figlia. La battaglia con la vita non mi aveva mai fatto paura, ne avevo superate tante.

Anche il vento fuori dal caseggiato aveva iniziato a punzecchiare le persiane che sbattevano. Irina, piombata nel silenzio, sospirò piangendo. Le sue lacrime erano diventate mute come gli occhi.

Le presi le mani e le diedi la mia forza. Avremmo visto la vita dalle sue pupille, seppure tanto offuscate.

IX

ADDORMENTARSI AL CREPUSCOLO

Il rumore dei ricordi è tanto forte quanto silenzioso, a volte appare in modo subdolo, altre in forme malinconiche.

Erano passati quasi quattro anni da quando Irina aveva iniziato a vedere la vita in maniera molto diversa: io le ero figlia, ma anche custode di una sottile e delicata anima.

La sua autonomia abbracciava il profumo delle ginestre di cui si occupava senza alcun problema, perché con il tatto aveva imparato a riconoscere la foglia secca da quella fresca.

Con Giuseppe, invece, accarezzavo le onde salate di baci, davanti a una romantica luna.

«Mi spiace per tua madre, Laura. Sai che per te il mio amore è grande» mi aveva detto senza indugio. Le sue parole divennero sostanza e vederlo sorridere mi dava grande forza, molto meglio di un sogno capitato per puro caso.

Era diventato davvero un grande amore, che riempiva i miei giorni vuoti e completava la mia crescita, così come Irina.

Giuseppe era un abbraccio ancora caldo di sogni notturni tra il fruscio delle lenzuola e il ticchettio della pioggia sui vetri. In quei momenti sparivano le preoccupazioni.

«Che ne dici se andassimo prima alla *Rinascente* e poi a vederci un film, al *Rubino* di via Torino?» mi chiese un giorno facendomi assaggiare un biscotto.

Ero titubante, non sapevo cosa rispondere. Irina mi aveva consentito di trascorrere la notte da lui ma dentro di me il peso della responsabilità si faceva sentire; sebbene lei fosse sempre più autonoma, non me la sentivo di lasciarla sola.

«Non lo so, forse è meglio rimandare a domani, voglio trascorrere un po' di tempo con lei» dissi abbassando lo sguardo. Giuseppe parve comprendermi e mi diede un bacio sulla fronte. I suoi muscoli abbronzati, dorati di chissà quali notti fiammanti, si posarono sul mio corpo.

Il vento sbattè con forza sui vetri, segno di una pioggia persistente. D'improvviso lui si alzò, accese la piccola luce che rischiarava il minuto ambiente della stanza e prese un portagioie dal suo armadio.

«Ecco, questa è per te» pronunciò dopo aver preso fiato. Aprii il piccolo cofanetto che mi porse e una collana di pietre rubino vestì il mio collo.

Rimasi senza fiato e nemmeno la parola più adatta in quel momento avrebbe potuto riempire il significato di quel gesto.

Giuseppe era riuscito a sorprendermi. Lui, un ragazzo orfano con la passione per i Beatles e per le orecchiette pugliesi.

I suoi occhi allegri avevano rapito in modo veloce il mio cuore, già ferito e oltraggiato. Mi sentivo al sicuro con lui.

Il giorno dopo andai a prendere un mazzo di fiori per Irina, camminavo sognando un futuro roseo e felice per me e Giuseppe. Del resto ce lo meritavamo. Ai lati della strada i primi cartelloni con il manifesto del *Milanin Milanon* di *Brecht* al *Piccolo*, vecchi cortili, case di ringhiera, osterie e botteghe.

Respiravo questo momento nuovo. Come le stagioni che passano e ritornano, la mia vita sembrava un luogo in cui il sole lasciava spazio alla pioggia e alle burrasche per poi ritornare di nuovo a splendere come mai si sarebbe immaginato di fare.

Rincasai mentre la palla solare si era già nascosta e trovai Irina intenta ad ascoltare il giornale radio.

«Ti ho comprato un mazzo di margherite bianche, so che ti piacciono» dissi dandole un bacio sulla guancia.

«Sei meravigliosa. Mettile vicino alle ginestre. Immagino siano molto belle». Irina corrugò la fronte chiamandomi a sé. «Ho sentito che ci sono state delle proteste in università, alla *Cattolica*». Volse lo sguardo preoccupata, sistemandosi il maglioncino lilla e accarezzandosi gli orecchini d'oro che brillavano al riflesso della luce che si proiettava dentro la nostra casa.

«Stai tranquilla, non sono passata per quelle zone. Tra un'ora vado in drogheria».

«Avverto che ti sta molto stretto lavorare lì, non è così?» mi chiese quasi sospirando.

Irina vedeva molto meglio di me e sapeva scorgere anche i sentimenti più nascosti.

«In effetti, ma non ti devi preoccupare. Il signor Gastone mi vuole bene, anche se è un po' severo. È che l'ambiente è decisamente umido ma mi so adattare. Sai, l'aria di Trieste è dentro le nostre vene». Ci abbracciammo.

La drogheria del signor Gastone, per gli amici *Gastunì*, era un luogo familiare, piccolo ma accogliente. Un uomo dalla corportura robusta, occhiali che scendevano alla punta del naso e una calvizie piuttosto importante. Controllava spesso il mio operato e tendeva a parlare in dialetto, solo che non lo avevo ancora imparato del tutto. Il suo sguardo sempre giudicante nei miei confronti non mi faceva sentire a mio agio.

«Prepara per la *sciura* Agnese due pacchetti di pasta e cinque grammi di cannella» disse pulendosi le mani nel camice bianco, tutt'altro che immacolato.

Gettai l'occhio alla vetrina e notai Giuseppe entrare.

«Che ci fai qui?» chiesi sottovoce e lui finse di ordinare qualcosa al banco dei salumi.

«Stasera c'è un appuntamento imperdibile al *Derby Club*, ci sono *Cochi e Renato*, ci ammazziamo dalle risate».

Notai che il signor Gastone ci stava controllando e lo liquidai in fretta e furia, nervosamente, chiedendogli se si fosse dimenticato del compleanno di Irina, a cui anche lui era invitato.

Giuseppe se ne andò, di malumore perché voleva stare da solo con me, e capii d'averlo offeso.

Silente la stanza di Irina.

La sera entrai di soppiatto, nell'atto di farle una sorpresa, ma scoprii che stava piangendo.

Da sola, nel suo nido indifeso.

«Irina, ma che succede? Ti ho portato una piccola torta, voglio festeggiare con te» rivelai abbracciandola e affondando le mie guance nel suo pullover amaranto.

«Sei un tesoro ma non voglio che sacrifichi un sabato sera. Giuseppe ti avrà senz'altro proposto di uscire con lui» disse asciungandosi le lacrime.

Mossa da una tenerezza infinita la ringraziai per il pensiero e lei propose di recuperare il festeggiamento il giorno successivo, visto che non era di buon umore. Mi sentivo in colpa nei confronti di Giuseppe, perciò accettai di andare: senza dubbio avremmo potuto parlare senza che io l'aggredissi e avremmo trovato una soluzione. Allora decisi di fargli un sorpresa.

Mi misi una minigonna rossa, rifilando il tubino nero nell'armadio, e rimasi un po' stupita da questo nuovo abbigliamento che Maria mi aveva caldamente consigliato.

Sarebbe rimasto piacevolmente stupito di trovarmi al *Derby Club*. Canticchiavo canzoni di *Patty Pravo* e *Ornella Vanoni* mentre mi dirigevo al locale tra gli sguardi ammirati di alcuni giovani e le folle radunate al bar con la tv in via Solferino.

Sorrisi alla vita, ancora una volta pronta a rialzarmi.

Girai l'angolo e raggiunsi il locale che sin dall'esterno si mostrava affollato. Sgomitai per entrare, ma alla fine ci riuscii: e lì vidi Giuseppe. Era al bancone con una donna ma pensai subito si trattasse di un'amica. Mi sbagliavo.

Nel giro di pochi secondi si avvicinò a lei baciandola sulla bocca e una fitta al cuore mi fece barcollare. Il cielo iniziò a bagnarmi di pioggia e corsi a perdifiato verso casa, passando per via Spiga dove si stava tenendo una sfilata di moda.

Il mio pianto si era confuso con il gocciolio lento e poi moderato della perturbazione, del suo scrosciare; nel mio ricordo i suoi occhi allegri, ora consumati come i miei tacchi neri appuntiti e stretti che calpestavano con forza l'asfalto bagnato, le proposte divertenti, la collana che mi aveva regalato e che tolsi subito gettandola nel primo cestino che trovai.

Non potevo nascondere nulla a Irina, si accorse subito che qualcosa non andava. Preferii tacere, per il momento.

Nemmeno a Maria rivelai la sconcertante scoperta. Era come se il silenzio fosse venuto ad abitarmi dentro, sino nelle zone più recondite del cuore.

«Sento che il tuo silenzio nasconde un grido inequivocabile»mi disse Irina il giorno dopo, sedendosi, col bastone, sul divano.

«Ho scoperto che Giuseppe ha un'altra donna». Tuonai così, categorica, sapendo di ferire anche lei che mi voleva bene veramente.

«Hai provato a parlargli?» mi chiese portandosi i capelli dietro le orecchie.

«Non ne ho il coraggio, Irina». Sospirammo entrambe quando sentimmo bussare alla porta.

Era il portalettere.

Ci venne data una missiva proveniente da Trieste. Si trattava di Fernando, il cameriere amico di mia madre.

Aprii la lettera e assaporai l'essenza della cittadina friulana. Sembrava che il mare mi fosse venuto a trovare.

Mi misi vicina a Irina e iniziai a leggere.

Care Irina e Laura,

vi scrivo questa lettera con molta fatica, con la stessa con cui sono riuscito a ottenere il vostro indirizzo da John, dopo molti tentativi.

Proprio di lui vorrei iniziare a parlarvi.

John ha avuto un piccolo attacco di cuore in carcere ed è stato portato in ospedale. Si è ripreso ma le sue condizioni rimangono precarie e per questo verrà sottoposto a una serie di cure in una struttura apposita. John vi manda i suoi saluti e ringrazia Irina per aver accudito e cresciuto Laura. In questi anni di duro silenzio non ha mai avuto il coraggio di scrivervi e si scusa per questo.

La notizia che invece mi duole darvi è la dipartita della cara Maria. Se n'è andata la scorsa notte in uno stato di profonda inquietudine. Non riconosceva più nessuno.

Con grande affetto,

Fernando"

La lettera cadde a terra, mi sembrò che il respiro si fosse fermato sulla soglia dell'anima. Rimasi lì a lungo. Non avevo più lacrime da versare sul foglio, mi sentivo abbandonata a me stessa nonostante Irina non mi avesse fatto mancare nulla.

I giorni successivi furono tremendi: Giuseppe continuava a cercarmi sia al telefono sia citofonando a casa, ma io mi facevo negare.

Presto, però, avrei dovuto affrontarlo. Anche la mia amica Maria mi stette vicino per quanto era successo ai miei genitori e mi spronò a chiarire le cose con Giuseppe. Non riuscivo a tenere tutto dentro e finii col rivelarle cosa avessi visto al *Derby Club*: quella sera avrei voluto fargli una sorpresa e invece era stato lui a farla a me.

L'aria di novembre si fece fredda e pungente. A passi leggeri, con i piedi nudi sul pavimento, mi avvicinai alla finestra e vidi un corteo di studenti attraversare la via con degli striscioni contro il capitalismo.

Il giornale radio parlava di un '*autunno caldo*' mentre Irina cercava di capire cosa stesse succedendo. Un grande vociare percorreva verticalmente la strada riflettendo il rumore sui vetri dell'abitazione.

Il campanello suonò e destò la mia attenzione proiettata verso il corteo studentesco.

Era Giuseppe.

«Laura! perché mi stai evitando, cosa ti ho fatto?» chiese slacciandosi la sua giacca stretta e corta d'un blu scuro che poteva far invidia anche al mare. I suoi occhi cercavano risposte.

«Hai un'altra, negalo se hai il coraggio. Non ti sei chiesto il motivo del mio silenzio?» Iniziai a piangere e gli chiusi la porta in faccia.

Era troppo doloroso tutto ciò.

Passò esattamente un mese da quel giorno e la vita della città di Milano venne straziata dall'attentato di piazza Fontana alla banca dell'agricoltura. Sia io che Irina ne rimanemmo sconvolte.

Dopo i morti, le macerie e i feriti, ci furono la sofferenza e il dolore.

"Milano s'inchina alle vittime innocenti e prega pace" recitava il cartello sul portone del Duomo durante i funerali delle diciassette vittime. Si raccontava di migliaia di persone, per lungo tempo basite e attonite, ferite a morte dal dolore.

Successivamente scoprii, dal giornale locale, che Giuseppe era tra gli arrestati perché appartenente a una frangia anarchica, non direttamente collegata all'attentato.

«Sembra che la vita si sia accanita con me, Irina. Tutte le persone che ho conosciuto si sono allontanate. Forse merito di restare sola». Presi coscienza di quanto l'esistenza potesse essere piena di ferite non rimarginate, cicatrici invisibili.

«Tu sei una ragazza splendida, mi stai aiutando molto, ti preoccupi per gli altri. E poi hai me, hai la tua migliore amica Maria. Sei una persona altruista» disse Irina tossendo. Il suo scialle, color avorio, avvolse il suo nudo collo. L'abbracciai. Era il mio approdo e io la sua àncora sicura.

Pensai a mio padre, a come potesse sentirsi in quel momento in una struttura per delle cure, alle sofferenze che avevo passato ma anche alla speranza di respirare nuova linfa.

Nel pomeriggio, mentre le nuvole minacciavano un nuovo temporale, scorsi le guglie del Duomo dalla finestra del salotto e ricordai il primo giorno in cui avevo messo piede in quella città: mi terrorizzava, mi mancavano il mare, la bora, i vicoli di Trieste, il *Presnitz*[2] durante il Natale, le salite verso Opicina con la tranvia da piazza Oberdan lasciandomi trasportare dalle scie del rapido vento e la bellezza di scorgere l'infinito da lassù.

In seguito, invece, Milano era diventata parte di me, un nuovo abito su misura, nonostante gli scioperi della *Olivetti* in

---

[2] Saporito dolce della tradizione triestina.

piazza Duomo, i picchetti degli operai fuori dalle fabbriche o le nuove proteste degli studenti nelle Università.

Maria mi portò a vedere un film, a trecento lire, presso il cinema di Porta Romana, *"I girasoli"* con *Sophia Loren* e *Marcello Mastroianni* e sperai che l'amore potesse di nuovo sfiorarmi con le sue dita, e che non si fosse dimenticato di me proprio come il protagonista del film, diviso dalla sua amata a causa della guerra per poi non ricordarsi più di lei.

Come può l'amore viaggiare così a lungo su di una persona e poi, a un tratto, svanire come se ci fosse il nulla?

Avevo masticato molto dolore in quegli anni ma l'amicizia sincera di Maria era un punto saldo nella mia vita e anche la presenza di Irina, le cui rughe iniziavano a rigarle il volto.

Il crepuscolo, lentamente, avanzava sulle finestre di quella casa mentre il profumo delle ginestre era incollato alla mia anima, cosparsa di suoni amari, addormentata nell'attesa di un tempo nuovo.

X

LA NOTTE PREDILETTA

Febbraio 1971

La notte azzurra cadeva sopra la città.

Come era bello passeggiare al plenilunio nel respiro del vento fresco, assaporare con la mente, nella penombra della stanza, quel continuo stropicciarsi gli occhi del ricordo.

Tra le mie mani la lettera di Fernando e le ultime lacrime cadute.

Mi ero iscritta a un corso per infermiera, volevo assistere i più bisognosi, gli ultimi, i disagiati. Per me sarebbe diventata una missione.

Irina si era aggrappata a ogni mia speranza, ricordava ogni tanto il suo sentimento per papà John e poi ci rideva sopra. Io mi districavo tra il lavoro in drogheria e i manuali su cui studiare. Non mi pesava assistere Irina, mi aveva dato tutto quello che una madre poteva dare a una figlia.

Ora dovevo farle io da madre.

Mi mancava, però, suonare il pianoforte, avevo preso poche lezioni negli ultimi tempi.

«Se continuerai a trascurare il pianoforte ti dimenticherai anche le strofe più semplici» mi rimproverò Irina, che volle fare una passeggiata ai giardini pubblici e l'accontentai.

Mi prese la mano e se la portò al volto dicendomi: «Io sono stata la tua salvezza e tu sei stata la mia». Le toccai le morbide guance rosa e l'abbracciai.

Era proprio così: ci eravamo salvate l'un l'altra.

Non ero più quella fanciulla sconosciuta piombata nella sua vita in maniera totalmente improvvisa, ma il suo mantello, sempre pronto a proteggerla.

«Sai, cara Laura, sono proprio contenta che tu abbia intrapreso gli studi per diventare infermiera. Oltre ad avere una grande pazienza con la sottoscritta hai anche la sensibilità per esserlo. Ho così tanti ricordi di Trieste e del mio orribile passato… se solo penso di essere stata la causa della fuga di tuo padre da casa». Era la prima volta che lo confessava, ma io non volevo ricominciare a parlare di un periodo che avevo cercato di mettere nel dimenticatoio. In parte avevo perdonato mio padre, ma l'altra parte era ancora confusa. Irina chinò il capo spostando di poco il suo cappellino a fiori che aveva voluto assolutamente acquistare in un piccolo mercatino di oggettistica vicino alla *Rinascente.*

Le tenni la mano e ci avvicinammo a un grande ciliegio fiorito. Lei non poteva vederlo, ma volevo che lo sapesse.

«Siamo sotto un ciliegio, è particolare trovarne uno qui. Irina, ascoltami: tu non devi colpevolizzarti, tu hai cercato di dare speranza a molti tuoi conterranei. Non devi essere severa con te stessa. Papà John ha fatto le sue scelte. Diciamo che sono cresciuta in fretta perché la vita me lo ha imposto» replicai guardando il cielo.

Irina, toccandosi i bottoni di madreperla della camicetta azzurra, prese fiato e volse lo sguardo verso la mia ombra: «Nel mio cassetto troverai una cosa. Si tratta di un pezzo di stoffa che corrisponde alla tasca dell'impermeabile che tuo padre aveva indosso quella sera, la sera in cui ti ritrovò tra quegli slavi. Ho sempre pensato che dovesse essere tuo, ma non sono mai riuscita a dirtelo, avevo paura della tua reazione e poi avevi sofferto già a lungo».

Annuii. Avrei custodito quel cimelio in fondo al cassetto del mio comodino, adiacente il letto, spazio prediletto per riposare il corpo e l'anima.

Tornammo a casa. Quella sera Irina era molto stanca, mentre dentro di me nasceva il desiderio di ascoltare la città sotto la luna.

Il freddo iniziava a farsi sentire.

Avrei voluto uscire solo per un attimo e lasciarmi incantare dalla bellezza della città. Irina acconsentì nonostante le titubanze ma cercai di rassicurarla.

Camminai senza fretta.

Milano scavava dentro l'anima e questo angolo era stranamente silenzioso.

Milano era asfalto liquefatto in questa notte con delle stelle sbriciolate nella pozzanghera. Il mio cuore girava come un volante impazzito, taciturno e un po' malinconico. Sembrava quasi di toccarla quest'immensità, rugiada di corolle, e cantava nel vento la sua presenza.

In me, però, si celebrava la forma di un'assenza e anche il cielo aveva uno sbadiglio immenso. Ripensai al male che l'orco mi aveva perpetrato durante l'infanzia, alle bugie di Giuseppe. Ero contenta di non essere come loro, volevo essere oltre.

Intorno a me, ora, le serrande chiuse delle botteghe, la cintura di nebbia che si vaporizzava in fondo alla via e delle braccia trasparenti di vita che mi dondolavano, alla ricerca di una strada diversa che mi avrebbe potuto portare maggiore fortuna.

Il vento, con le sue mani viaggianti, scuoteva le nubi alte, grigi fazzoletti d'addio che si infrangevano col tessuto blu del cielo. Mi sentivo una sostanza senza peso di fronte al portone di casa.

Le scie fresche della notte portavano via il fogliame ai lati della strada. Il mio occhio cadde su due giovani innamorati che si stavano baciando, quasi abbracciati ai muri.

Quello era un silenzio innamorato.

Era ciò che avrei desiderato tanto, anche un solo istante, nella mia vita.

*

Trieste, Oggi

Al molo Audace inizia a spirare lo sbuffio del vento che ci costringe a dover ritornare in clinica.

«Ora che mi riporterai dentro non ci vedremo più?» chiede papà John coprendosi il collo con il bavero della giacca.

Ci spostiamo sotto ad alcuni portici del centro e mi siedo vicino a lui.

«Questa domanda deve corrispondere a una promessa? Non so se mi sento pronta. Ciò che ti ho raccontato è il tempo della tua mancanza. Non eri al mio fianco mentre io ho sofferto, amato, accolto, accudito Irina».

Mio padre china lo sguardo e annuisce col capo. «È stata fortunata ad averti vicina».

«Le sono rimasta accanto fino alla fine dei suoi giorni. La sua morte è stato un duro colpo, mi sentivo sperduta e come se avessi perso le forze per andare avanti. Poi, a poco a poco le ho ritrovate, ho vissuto per renderla orgogliosa di me. Non ho mai avuto un marito, né un figlio. Ho abbracciato la mia solitudine cercando di non smettere mai di sognare, di sperare in un qualcosa di migliore ma ero io che volevo essere migliore e diversa da chi mi aveva fatto del male. Mi sentivo un germoglio in fasce e una spirale di vento nelle notti di bonaccia. Ho lavorato come infermiera fino alle soglie della pensione, ho incontrato Montale, a Milano, in un evento letterario e mi sono commossa, mi sono messa a scrivere poesie per nutrire l'anima e non ho mai avuto il coraggio di pubblicarle. Papà, ho voluto riprendere in mano la bellezza delle cose semplici».

Le lacrime scivolano lungo le sue gote mentre ascolta tutto ciò che si è perso. In un moto di affetto, gli accarezzo la mano: «Aspettai qualche giorno prima di prendere in mano quel pezzo di giacca strappata nel disordine di quel giorno, di quella fuga. Ogni oggetto respirava di lei, del suo avermi accolto tra le braccia e il cuore. C'è un posto che ci misura tutti, dal primo all'ultimo, ed è l'infinito».

Respiro aria, sembra quasi mi manchi il fiato. Quel pezzo di carta sgualcito, quella lunga fila di nomi slavi ritrovata nella tasca del suo cappotto è un ricordo doloroso per papà John.

«Quando ti rividi, in quei ventidue lunghi giorni prima di trovarvi un treno e farvi scappare verso Milano, non fui in grado di aprirti del tutto il mio cuore. Soffrivo per aver abbandonato te e tua madre e non sapevo come spiegarti quanto fosse importante la missione. C'era gente maltrattata, morente di fame al di là di quei confini; volevo dar loro una vita migliore senza pensare che involontariamente andandomene avrei sottratto a te la possibilità di averla. Dovevo agire nell'ombra, Laura, e non fu facile. Scegliere di abbandonare te e tua madre fu la scelta più drammatica della mia vita, anche se le cose tra me e lei non andavano più bene da qualche tempo. È triste ammetterlo ma è così...» rivela asciungandosi gli occhi con la mano segnata dalle rughe.

Mi commuovo e volto la testa con imbarazzo. Così facendo noto un pianoforte all'interno di una sala da tè.

«Che ne dici se entriamo a berci un tè e suoniamo assieme qualcosa? Io sono un po' arrugginita, a dire il vero, ma penso che le note danzeranno da sole».

Entriamo nella sala e chiedo il permesso al titolare. L'uomo, sulla sessantina, guarda per un attimo mio padre: «Lei è il comandante MacCallum?»

«Sono io, lei chi è?» chiede mio padre.

«Mi chiamo Boris Kiavic. Ricordo che lei mi fece giungere a Opicina e poi giù verso la città. Non potrò mai essergliene grato abbastanza. A me e agli altri miei due fratelli ha ridato la speranza di tornare a vivere».

Le lacrime si sciolgono e Boris stringe la mano a mio padre. Lascio che si goda questo attimo emozionante e poi lo conduco a un tavolino.

Ci accomodiamo nella sala da tè molto carina, con la carta da parati color salmone e sopra ai tavolini una candela rossa.

«Ora che ti sei gustato questo tè pregiato, vogliamo suonare qualcosa al pianoforte?» chiedo abbozzando un sorriso dopo aver sorseggiato le bevande.

Prendo la carrozzina e conduco mio padre accanto al pianoforte. Boris ci ha dato l'autorizzazione, perciò inizio a improvvisare qualche nota da una *Sonata* di *Chopin*.

L'emozione è tangibile, abita nel nostro cuore e sui nostri volti.

Un leggero tocco ai primi tasti, quasi avesse paura di suonare, ma poi papà John inizia a prendere confidenza con lo strumento. Un lieve sorriso s'apre e dipinge alcune rughe d'espressione sulla sua fronte.

Lo lascio fare. John continua a suonare e anche i clienti della sala da tè cominciano a battere le mani a ritmo. È come colpire le stelle nel cuore e lasciare che la loro essenza cali nelle vite di ognuno.

La commozione si fa pura presenza sul mio volto e anche in quella di mio padre.

Boris lo guarda come un eroe.

Un eroe che aveva combattuto la sofferenza, si era allontanato dalla famiglia pur di salvare quella gente, e mi aveva affidata a Irina verso una città nuova, diversa, dove avremmo potuto ricominciare daccapo in totale serenità.

Ma senza di lui.

Lo guardo e lo riguardo ancora. Gli credo. Sì, in parte conoscevo la verità, ma vedere la lista dei nomi su quel foglio aveva scosso qualcosa in me: e così mi sono lasciata sopraffare dalla rabbia al punto da pensare che potesse essere complice dei trafficanti di qualcosa di poco legale.

Avrei dovuto dargli fiducia già quella sera in cui le nostre mani si erano riunite, anche se solo per pochi giorni. Ma quanto la rabbia e la solitudine possono portare a vedere le cose in modo sbagliato?

Il ricordo è di quell'aria fresca del vento della notte. Fuggita da una casa in cui pane e botte erano all'ordine del giorno, mi ero persa come una chiocciola terrestre in un lento gioco di luci. Il destino aveva voluto che mi mescolassi con quegli slavi, uniti per raggiungere Trieste.

Che voce misteriosa ha il destino, una campana solitaria che si confonde in un rumore d'onde: quello del mare.

Papà John termina e si leva un grande applauso. Le lacrime atterrano sulle sue gambe, compromesse dalla malattia, mentre corro ad abbracciarlo.

Boris si avvicina: «La vita mi ha fatto un grande regalo a conoscere lei. Grazie per avermi salvato».

L'uomo gli mette una mano sulla spalla e John lo guarda con gli occhi lucidi. «A dire il vero, la persona che ideò questa cosa, salvifica per voi ma illegale e pericolosa per tutti, fu Irina. È lei che deve ringraziare per prima. Questa persona è morta da anni, io sono l'unico superstite».

La voce si rompe dal pianto e decido di ringraziare anch'io Boris per questo momento magico, per poi portar fuori mio padre dalla sala da tè.

«Ora è bene rientrare alla casa di cura» lo rimprovero bonariamente spingendo la carrozzina nonostante gli occhi umidi e la voce rotta dall'emozione.

Entrando nel viale che conduce allo stabile, il profumo dei pini ai suoi lati è pervasivo. Mio padre alza la mano per chiedermi di fermarmi.

«Laura, aspetta, prima di tornare dentro voglio dirti una cosa».

Pare piuttosto serio, s'è asciugato le lacrime e sistemato il giaccone, segno che il freddo inizia a essere penetrante nelle ossa.

«In questi due giorni mi hai fatto rivivere il dolore, il pianto, la sofferenza ma anche la gioia di averti qui. Spero che abbiamo chiarito ogni nostra incomprensione». Sospira e, non vedendo risposta, segna con l'esile indice destro la strada verso l'ingresso della casa di cura. Forse si è pentito d'avermelo detto ma lo rincuoro subito.

«Avrei dovuto cercarti prima per dare risposta alle tante domande irrisolte che avevo. Ho aspettato tanto prima di cercarti, sono passati molti anni, forse troppi. Poi la chiamata della clinica, non so nemmeno come abbiano fatto a trovare il mio numero di telefono» replico sistemandomi gli occhiali e mostrando così la mia agitazione.

John annuisce e mi stringe forte la mano. Lo vedo stanco, del resto è quasi sera e abbiamo solo bevuto una tazza di tè con dei biscotti a forma di luna. Decidiamo allora, dopo essere stati autorizzati, di terminare la giornata cenando in un ristorante che dà sul mare.

XI

TRA LE ONDE DEI RICORDI

Come un mese di stelle, un bacio fisso, la luce fa il suo letto nel crepuscolo e si posa sui nostri occhi all'entrata della casa di cura.

Pare un nido bianco in cui trovare riposo.

Papà John ritorna così nel suo letto.

Un tempo totale come l'oceano è piombato, d'improvviso, in quella stanza asettica con una finestra che dà sul salice. Forse mio padre pensa alla sua vita come a una pianta straziante e dura, fatta di foglie amare incatenate l'una all'altra.

Sospiro.

«A che pensi papà?» chiedo porgendogli un bicchiere d'acqua.

«Ti devo delle scuse per non averti più cercata» risponde tossendo dopo aver sorseggiato il bicchiere d'acqua. Come mi ha spiegato il dottore, la malattia affligge lentamente i polmoni e questo lo porta ad avere frequenti attacchi di tosse. «Uscito dal carcere, riuscii a rivedere tua madre in quella clinica psichiatrica. Fu l'ultima volta, poiché sarebbe morta subito dopo. Trascorsi anni a chiedermi di te, ma non ebbi mai il coraggio di farmi vivo, se non quella volta in cui dissi a

Fernando d'informarvi sul mio attacco di cuore. Ti sapevo da Irina, nella benevolenza di quella donna. L'unico motivo per cui non mi feci mai vivo è questo: avevo vergogna. Quando mi decisi infine a venire a Milano, ebbi un malore che mi costrinse su questa maledetta carrozzina. L'inizio della mia malattia. Ne fa di scherzi, vero, la vita?»

La mia mano trema d'emozione. Dovrei sentire ancora il bisogno d'insultarlo, o di piangere furiosamente?

«Tra poco devo tornare in albergo, domattina ho il treno del ritorno» dico fissando la finestra. «Prima, però, vorrei sapere dell'incontro che tu feci con la mamma. Ti prego». Mi metto vicina a lui e gli bacio i capelli bianchi arrotolati, piangendo l'assenza di mia madre. John si schiarisce la voce e mi guarda negli occhi.

«D'accordo».

*

Uno spazio angusto era diventato il mio involucro terrestre. Il carcere mi aveva cambiato. Volevo andare avanti, tuttavia una parte di me era ancora legata al passato.

Mi giunsero notizie chiare da Fernando: Maria si trovava in una clinica psichiatrica per il suo profondo stato di catatonia e schizofrenia che s'era aggiunto con l'andare del tempo. Non sapevo se sarei stato in grado di rivederla.

Quando uscii dal carcere sentivo il vento del mare gigante, forse troppo per il brusco respiro di un uomo invecchiato che aveva dimenticato come si potesse stare nella libertà. Dopo anni di solitudine e un compagno di cella taciturno, era il tempo di riprendere in mano una vita abbandonata, diversa da come la ricordavo.

Passeggiare nella realtà era come pronunciare un suono di tamburo nella parola statica dell'inverno.

Percorsi le vie di Trieste, piazza Cavana e mi trovai di fronte alla vecchia caserma in cui fui comandante.

Al bar Jolly, sotto i portici, trovai ad aspettarmi Fernando. Era ormai un uomo dai folti capelli bianchi, un bastone per sorreggere la sua vecchiaia.

«McCallum, chi l'avrebbe mai detto che ci saremmo incontrati qui, in un bar di Trieste?» disse l'anziano cameriere dandomi una pacca sulla spalle come si fa con gli amici d'una vita, anche se non avevamo mai instaurato un vero rapporto d'amicizia ma solo di corrispondenza.

Faceva caldo in quel giugno di moltissimi anni fa.

«Fernando, io sono stato un irresponsabile soltanto. Ho abbandonato la mia famiglia, una bambina piccola che ho affidato alle cure di una prostituta...» dissi sorseggiando del caffè d'orzo. Fernando scosse il capo.

«Suvvia, sembri un cane furioso nascosto dentro un cuore. Hai lasciato Maria e una bambina. Sì, sarebbe da irresponsabili, ma hai anche salvato molte vite, molti slavi ora sono vivi grazie a te. Io ho cercato di accudire Maria più che potevo, e ora è in questa clinica psichiatrica nella periferia

della città. A volte si sente il rumore delle spade inutili che avvertiamo nella profondità della nostra anima. Ebbene, caro McCallum, il peso che hai dentro nessuno lo potrà mai portare. Ognuno sa portare i propri pesi ed è difficile, a volte, farsi carico di quelli degli altri».

Rimasi a bocca aperta, mi commossi persino.

«Se avessero preso anche Irina e la bambina, avrebbero passato lo stesso mio inferno. Che altro avrei potuto fare per tutelarle?» Le parole scivolavano veloci tra le sorde radici del tempo, ma sapevo che Fernando mi capiva.

«Cos'hai intenzione di fare, adesso?»

«Trieste è cambiata in tutti questi anni e io chissà quanto tempo ho ancora da vivere. Poco, forse. Non possiamo discutere le scelte degli altri, ognuno vive la sua esistenza, coltiva il proprio angolo e cerca di rendere partecipe di questo pezzetto la persona che ama. Ecco perché non ho più avuto una moglie, mi sono sempre sentito un grande incapace».

Fernando sospirò e poi mi fece una domanda.

«Senti, perché non andiamo da Maria? Potrebbe scuoterla un attimo dalla sua posizione. Potremo farlo in presenza di un infermiere. Penso che tu abbia un conto in sospeso con lei» disse tutto d'un fiato e io, sistematomi la camicia beige, regalo del compagno di cella per la mia uscita, gli rivolsi un cenno d'assenso, poi gli strinsi la mano.

La clinica psichiatrica, poco fuori dalla città di Trieste, era un tramonto più ampio del cielo, vortice di sofferenza e dolore.

Avrei rivisto Maria dopo tanti anni.

Salii le scale con affanno, la fronte grondante di sudore.

L'infermiere ci accolse.

«Vi raccomando, la signora è fragile. È stata opportunamente sedata ed è tranquilla, ma stanotte ha avuto una crisi d'isteria» disse compilando alcuni fogli su di una cartellina di legno. Fernando pose la mano sulla mia spalla esortandomi a entrare, mentre alcune porte si chiudevano nel corridoio e due infermieri bloccavano la furia di una donna nuda.

La porta della stanza si aprì, sembrava che una muraglia d'ombra avesse invaso l'ambiente. Era il sole, nascosto dietro le nubi.

Vidi tua madre seduta accanto alla finestra chiusa a chiave e con una protezione messa per evitare atti estremi.

«Maria» pronunciai quasi scandendo le sillabe del nome.

Era visibilmente invecchiata, due occhiaie solcavano il viso, gli occhi parlavano d'un rumore lontano che nessuno conosceva.

Mi avvicinai lentamente e notai che era a braccia conserte, avvolta in una vestaglia bianca a fiori, simbolo di una primavera mal riuscita.

Deglutii. Sapevo che non mi avrebbe risposto.

«So che ti ho fatto molto male. Sono uscito dal carcere stamane. Fernando mi ha detto che tu eri qui. Sono pieno di sensi di colpa».

Le parole uscirono dalla mia bocca in modo confuso, quasi disordinato.

Le pupille di Maria erano incantate da qualcosa che la attraeva al di fuori della finestra, forse le nubi nel cielo, cariche di pioggia.

Un sospiro, poi feci un passo indietro. Voltai le spalle ma si sentì un leggero sibilo.

«Laura» disse la donna e rimasi incredulo. L'infermiere e Fernando entrarono per capire quello che stesse succedendo.

«Maria, sono John» replicai sbottonandomi la giacca e posando il cappello sulla sedia.

Maria si alzò e l'infermiere cercò di intervenire ma feci segno di fermarsi.

«John, tu qui» disse a bassa voce. Lo sguardo si pose verso un quadro, dipinto a mano, che ritraeva il molo Audace.

«Maria, non so come discolparmi. Ho fatto un sacco di errori, ti ho lasciata sola con una bambina, hai sofferto molto. Mi sento un relitto umano». Il pianto accolse le mie guance mentre la donna ripose il suo sguardo perso sul mio.

«I moli sono più tristi quando attracca la sera».

Scosse il capo dopo aver proferito queste parole e tornò a sedersi davanti alla finestra. Dalla sua bocca uscì un lamento, poi il pianto che divenne sempre più acceso.

L'infermiere mi consigliò di spostarmi, l'ira di Maria avrebbe potuto travolgermi. «Forse non è stata una buona idea venire qui» ci rimproverò l'uomo lasciando che uscissimo dalla stanza.

«Fernando, ho sbagliato ancora una volta» mi rimproverai, ma l'anziano mi guardò negli occhi.

«Hai fatto la cosa più giusta che potessi fare».

L'ira di Maria terminò dopo qualche minuto, l'infermiere uscì e mi richiamò.

Ora Maria stava ripetendo continuamente il mio nome.

Di sottecchi, entrai nella stanza una seconda volta: era nel letto e stava bevendo un bicchiere d'acqua. Mi fissava con quegli occhi grandi, una croce nera la sua vita.

«John. John. Vecchio americano. John» proferiva queste parole ridacchiando, sembrava essere uscita da un grande tunnel muto.

«Maria, Laura sta bene, ora vive a Milano. Dobbiamo pensare che la vita continua, anche se in modo terribile. Vorrei ricominciare di nuovo».

La mano tremante della donna si avvicinò alla mia.

La salutai con una carezza sul capo e uscii dalla stanza.

È così breve l'amore, così lungo l'oblio.

*

Un ultimo sguardo a quella lista di nomi slavi e poi la straccio davanti a papà.

«Era un cimelio, un ricordo che avevo di un padre poco vissuto», spiego. «Averti rivisto, papà, è stato come ritrovarsi, non essersi mai persi. Mi è servito questo viaggio» concludo accarezzandogli la fronte. John sospira e lentamente chiude gli occhi per riposare.

Uscendo dalla casa di cura, sosto un attimo sotto il salice.

Mai come adesso ho davanti a me gli occhi infiniti della vita, benché mi abbia causato molti dolori.

La notte sarà stata ancora stellata e la sua voce un corpo chiaro.

EPILOGO

Il ricordo più forte emerge sempre da una notte travagliata, proprio come il fiume che annoda a sé il suo lamento più ostinato.

Ripartirò oggi stesso per Milano e lasciare Trieste una seconda volta, sarà come sentire la lontananza cantare. Le vie, la piazza, i portici, i vicoli stretti, la potenza del mare.

Non sarò più la stessa.

Prima di giungere alla stazione, passeggio lungo il castello di Miramare.

Mi ricordo ancora quando dal molo Audace lo vedevo in lontananza e più volte chiedevo a mamma cosa fosse. Poi le cose sono andate come sappiamo ma ora voglio avvicinarmi a questa bellezza.

Sento il rumore del mare, le sirene del porto Vecchio e il mio cuore polveroso battere all'impazzata come se vi soffiassi.

Circondata da un giorno nuovo, passeggiare a Miramare mi permette di ristorare l'anima. Quelle onde d'un blu intenso, l'orlo della schiuma dei flutti, le acque vacillanti. È bello vedere i gabbiani viaggiare lungo la loro traiettoria, un viaggio che tutti noi compiamo nella vita, una strada piena di momenti felici, drammatici, sofferti, di crescita.

Accarezzare con le dita, radici bianche, il vento che soffia e riesce a camminarti dentro. Suggelare ogni incomprensione sospesa con mio padre, riaprire i conti con la mia vita, con il tormentato passato come se avessi aperto un vecchio baule pieno di ricordi.

Scendo verso la spiagga di sassi, l'acqua indurisce le piccole pietre a riva. È tempo di ritornare a casa, anche se vorrei rimanere ancora un po' di tempo qui perché, data l'età di papà, un altro malore potrebbe rivelarsi fatale.

Poi, però, volgo lo sguardo alle onde: decido che vivrò tutto il tempo che resta, come le stagioni che ciclicamente muoiono e rinascono, senza rancori.

Più volte sono morta dentro il dolore e rinata da me stessa.

Cammino per un breve pezzo e poi mi fermo. Tolgo le scarpe: la sabbia è ancora fresca a quest'ora del mattino. Affondo i piedi nudi dentro i granelli e corro incontro ai gabbiani, dentro l'acqua cristallina, per assaporare la brezza appoggiarsi sul viso, ma anche per sentirmi viva dentro e volare nel silenzio che solo il mare, seppur altrove, mi ha insegnato ad ascoltare tra le onde dei ricordi.

www.ingramcontent.com/pod-product-compliance
Lightning Source LLC
LaVergne TN
LVHW041117150826
845673LV00007B/2091

* 9 7 9 8 8 4 2 0 2 9 8 0 8 *